– Em vez de lhe servir uma xícara de chá, tenho outra sugestão.

– É?

– Não preferiria que eu fizesse amor com você?

Ela engasgou.

– Não deveria dizer estas coisas para mim. Você... Você sabe que não deveria.

– Por que não? – Ele parou a poucos centímetros de onde ela estava sentada, tão perto que o calor de seu corpo se mesclava irresistivelmente ao familiar aroma sedutor de ágar-ágar e flutuava até ela. – Prefere que eu finja ser tímido como um estudante inexperiente, em vez de ser um homem que sabe o que deseja e não tem medo de declarar isto?

– Este tipo de desejo que menciona não precisa ser recíproco?

– Está dizendo que não me quer, Darcy?

Querida leitora,

Para Darcy Carrick, o romance que tivera com o enigmático Zafir pareceu ter saído de um conto de fadas. Estonteante e poderoso, ele a arrebatou de uma forma como nenhum homem havia feito. Contudo, os sonhos de Darcy de um final feliz foram arruinados quando Zafir a acusou de tê-lo traído com seu irmão. Sem querer ouvir as desculpas dela, Zafir a expulsou de sua vida para sempre. Porém, Darcy descobriu estar grávida...

Boa leitura!
Equipe Editorial Harlequin Books

Maggie Cox

AMOR PROFUNDO

Tradução
Fabia Vitiello

HARLEQUIN®

2017

Título original: THE SHEIKH'S SECRET SON

Originalmente publicado 2017 por Mills & Boon Modern Romance

Publisher: Omar de Souza
Editora: Juliana Nóvoa
Assistente editorial: Tábata Mendes

Arte-final de capa:
Isabelle Paiva

Editoração Eletrônica:
ABREU'S SYSTEM

Impressão:
RR DONNELLEY
www.rrdonnelley.com.br

Distribuição para bancas de jornais e revistas de todo o Brasil:
Dinap Ltda. – Distribuidora Nacional de Publicações
Rua Dr. Kenkiti Shimomoto, nº 1678
CEP 06045-390 – Osasco – SP

Editora HR Ltda.
Rua da Quitanda, 86, sala 218 – centro – 20091-005
Rio de Janeiro –RJ – Brasil
Tel.: (21) 3175-1030

Contato:
virginia.rivera@harlequinbooks.com.br

CAPÍTULO 1

A QUEDA de cima do alto muro aconteceu em um instante, ainda que, de forma estranha, o tempo tenha parecido desacelerar enquanto Darcy observava a si mesma caindo. Algo muito parecido com uma misteriosa experiência fora do corpo. As imagens alcançavam a mente dela em lampejos – havia algo acontecendo, mas *não* parecia real – exatamente como em um sonho. O problema é que Darcy tinha perdido a concentração, já que sua mente estava tomada pela enervante missão que tinha diante de si: acalentava a esperança de se encontrar com o carismático dono daquela impressionante mansão, para contar que o apaixonado caso entre eles gerara um bebê.

A dor imensa que atravessou seu tornozelo quando atingiu o chão lhe deu algo ainda mais pertinente com que se preocupar. Resmungando como uma dama realmente não deveria fazer, esfregou a área machucada, estremecendo quando a dor se intensificou de forma excruciante. *Como, em nome de Deus, conseguiria ficar em pé?* Seu tornozelo estava ficando roxo e inchado, rápido demais para seu gosto. Qualquer chance de ter aquela conversa mostrando-se tranquila e imperturbável desaparecera, então...

Enquanto se dava conta disso, um homem grande e usando um terno preto e justo começou a correr na direção dela vindo do outro lado dos esplêndidos jardins. Darcy logo deduziu que era um segurança. Lembrou-se de sua intenção de permanecer o mais calma possível, não importando o que acontecesse. Respirou profundamente para tentar controlar as ondas de dor que a varriam, uma após a outra.

Quando o homem a alcançou, a respiração dele se condensava no ar frio de outubro, e Darcy notou que sua pele cor de oliva estava coberta por um brilho tênue de suor.

Apesar da situação em que se encontrava, Darcy ainda brincou:

– Poderia ter se poupado da correria. Eu obviamente não vou a lugar algum. Acho que torci o tornozelo.

– Você é uma jovem muito tola para se arriscar a fazer uma coisa tão idiota. Posso dizer-lhe agora que o sheik não vai ficar nada feliz com isto.

Sua compreensão de que ele estava se referindo ao homem que Darcy esperava desesperadamente ver a fez sentir-se como se tivesse batido *contra* um muro em vez de simplesmente cair dele.

– O sheik é o dono desta propriedade e você a invadiu. Devo avisá-la de que ele não vai encarar essa invasão como alguma coisa sem importância.

– Não... Eu acho que não.

Qualquer que fosse a forma como seu ex-amante reagisse ao vê-la, certamente não poderia fazê-la sentir-se pior do que já se sentia. *Sim, poderia.* Darcy já estava no limite *antes* do acidente, imagine agora, com a possibilidade iminente de ser confrontada por ele e acusada de invasão de domicílio.

– Olha, o que aconteceu, aconteceu, e por mais que eu precise explicar ao sheik meus motivos para estar aqui, primeiro vou precisar de sua ajuda para me levantar.

– Isso não me parece boa ideia. Você precisa ser examinada por um médico. Tentar ficar em pé pode agravar a lesão.

Encarando o segurança, Darcy testemunhou um vislumbre inesperado de preocupação em seus olhos cor de chocolate. Ele apanhou um celular no bolso do casaco e falou com alguém em uma língua que ela só conhecia por alto, graças ao período em que trabalhara no banco. Para piorar a situação, o reconhecimento trouxe consigo uma lembrança dolorosa que ela realmente não aceitou bem, especialmente por ter, naquele momento, se colocado em uma situação bastante embaraçosa.

E tudo porque tinha tentado pular um muro, coisa que jamais deveria ter feito, e que acabara causando uma lesão inconveniente.

No entanto, o que deveria fazer quando a necessidade de encontrar com seu ex-amante estava se tornando cada vez mais urgente? Seus piores temores se tornaram realidade.

Ele estava noivo, iria se casar. Não importava quantas vezes Darcy lembrasse daquilo, seu coração rejeitava veementemente a ideia como se fosse veneno.

Darcy percebeu que o segurança realmente *não ia* ajudá-la a se levantar. Ele encerrou de forma abrupta o telefonema e disse:

– O médico está chegando. Eu também providenciei que lhe trouxessem água.

– Não preciso de água. Só preciso de auxílio para levantar.

Ciente de que qualquer outra tentativa de pedir a ajuda dele era inútil, Darcy deixou cair a cabeça com uma careta e seu sedoso cabelo cor de trigo, que havia escapado do coque frouxo em que o prendera, espalhou-se em torno do rosto. Ela só podia rezar para que aquilo ajudasse a disfarçar o choque e o medo que a tomavam. Entregar-se à fraqueza até mesmo por um curto período era inadmissível para Darcy. A última vez em que se permitira alguma coisa parecida pagara um preço alto.

– Quem é esse médico? Ele pretende chamar uma ambulância?

– Você não precisa de uma ambulância. O médico que está vindo é o próprio médico do sheik. Ele é altamente qualificado e vive na propriedade.

– Então acho que não tenho escolha a não ser esperar. Espero que ele traga alguns analgésicos fortes.

– Se você precisa tomar analgésicos, também vai precisar tomar água. Quer que eu ligue para alguém para informar que teve um acidente?

O coração de Darcy disparou. Sua mãe, com a inclinação para o drama que tinha, transformaria aquele incidente em um capítulo de novela. A última coisa que desejava era que os problemas dos adultos atingissem seu menino.

– Não. Eu não... Obrigada de qualquer forma. – Sorriu para o segurança, suspeitando que ele não tivesse acreditado em uma palavra sequer.

Por causa da diminuição da luz do dia, não tinha notado dois vultos correndo na direção deles, até que se aproximassem.

Será que os próximos a chegar ali seriam policiais para fichá-la como invasora?

Como se intuindo sua angústia, o segurança se aproximou dela e deu um tapinha em seu braço. Darcy não esperava por um gesto de simpatia, mas naquele momento aquilo foi mais do que bem-vindo.

– O médico logo vai aparecer aqui e cuidar do seu tornozelo. Não tenha medo.

– Não estou com medo. Estou apenas com raiva por ter subido naquele muro. Não quis causar confusão. Eu só queria dar uma olhada na casa na esperança de que... Na esperança de que se eu visse Sua Alteza, poderíamos conversar. Li no jornal que se mudou para cá. Eu trabalhava para ele, sabe?

– Se queria vê-lo novamente, deveria ter ligado para o escritório dele e marcado uma reunião.

– Tentei fazer isso, muitas vezes, mas a secretária disse que precisaria da autorização dele para marcar uma reunião, e nunca retornava minhas ligações. Para falar a verdade, acho que ele sequer recebeu minhas mensagens.

– Tenho certeza de que sim. Talvez Sua Alteza tivesse motivos para não entrar em contato com você, não?

– Rashid.

O tom grave da voz atrás deles fez com que se virassem imediatamente. O impressionante traje árabe tradicional do dono da voz assustou Darcy, mas não tanto quanto o reconhecimento imediato de suas feições. Aquele rosto sublime parecia esculpido em sua memória, mas em seu último encontro, ele havia devastado o coração dela. Apesar disso, seu primeiro impulso foi cumprimentá-lo com familiaridade.

Zafir...

Felizmente controlou-se a tempo. Os assustadores olhos negros dele examinaram-na com rigor, afiados como uma adaga. Estremecendo, Darcy observou-o, totalmente fascinada. Mesmo alguns anos mais velho, ele ainda era tão bonito quanto o pecado e devia fazer o coração das mulheres flutuar até Katmandu.

Ele tinha deixado o cabelo crescer.

O cabelo dele em ondas negras e brilhantes agora chegava abaixo dos magníficos ombros. A perturbadora lembrança de que aqueles fios escuros eram como a mais fina seda ao toque a fez sentir-se culpada, pois desejou poder correr os dedos por eles outra vez.

– Essa moça caiu do muro, Vossa Alteza – interveio o segurança, soando inexplicavelmente protetor –, e está ferida.

– Ela é muito boa em provocar ferimentos.

Ofendida pela afirmação amarga, Darcy abriu a boca para protestar. *Ele* é que era bom em causar ferimentos... e não ela. Ou ele tinha apagado *esse* pequeno fato de sua memória?

– O que faz aqui, e por que está invadindo a minha propriedade?

– Eu estou aqui porque você não retorna as minhas ligações e não permite que a sua secretária marque uma reunião entre nós. Estou aqui como um último e desesperado recurso. Eu *precisava* ver você.

Com olhar desconfiado, ele respondeu, sério:

– Jamais recebi recado algum.

Darcy não podia acreditar.

– Você está brincando? Todas as vezes que liguei, disse à sua secretária que era urgente e confidencial. Por que ela não acreditou em mim?

– Agora isso não importa. Se o que diz é verdade, vou averiguar o que aconteceu. Por ora, vamos ao ponto: qual é a razão pela qual quer me ver, Darcy? Não acreditou quando eu disse que nunca mais queria colocar os olhos em você?

Ele se inclinou na direção dela ao falar e, ao mesmo tempo em que sentia a fragrância exótica de ágar-ágar que dava as notas centrais da colônia dele, Darcy pôde observar mais de perto a expressão acusadora em seu belo rosto.

– Há quanto tempo sabe que vivo aqui?

– Só descobri recentemente, através de um artigo no jornal.

– E viu a oportunidade para me atingir pelo que aconteceu no passado?

O sangue dela congelou por um instante.

– Não! Não foi por isso que quis me encontrar com você, Zafir. Acha que eu iria chantageá-lo? Se pensa assim, não poderia estar mais errado. – Lágrimas se avolumaram nos cantos de seus olhos. – O artigo que li dizia que você está noivo, que se casará em breve.

– E você, sem dúvida, deseja me parabenizar.

– Não faça piada de minha dor.

Como costumava fazer quando estava furiosa, Darcy cruzou os braços. O movimento foi um pouco brusco e, de alguma forma, reverberou em seu tornozelo machucado. Ela não conseguiu evitar um gemido de dor.

Os olhos de ébano dele refletiram a preocupação que sentia, e Zafir virou-se para seu companheiro imaculadamente trajado.

– Dr. Eden, por favor, dê água para ela e examine seu tornozelo... *agora*. Pode estar quebrado.

Temendo que realmente pudesse ter quebrado o tornozelo, Darcy afastou o cabelo do rosto e disse:

– Tenho certeza de que você apreciaria isso, não é? – Ela quase agarrou o frasco de prata que lhe foi oferecido e tomou um profundo gole do líquido gelado.

Quando se levantou, o sheik parecia claramente perturbado.

– Apesar de você merecer ser punida pelo que fez comigo, não, eu não sentiria prazer em vê-la machucada.

Quando o médico, magro e de meia-idade, abaixou-se para examiná-la, os olhos escuros cintilaram como advertência.

– E não me chame de Zafir. O uso de meu primeiro nome é permitido somente a um círculo restrito de familiares e amigos, srta. Carrick. Tenha respeito. *Você*, evidentemente, está abaixo de mim.

Certa vez, tinha amado aquele homem mais do que a própria vida. Agora ele soava como se a odiasse. E tudo porque acreditara nas mentiras vingativas de seu irmão.

– Apesar de não poder afirmar até ser radiografado, acredito que o que temos aqui é uma grave torção, srta. Carrick.

Darcy deu um suspiro aliviado, mas logo franziu a testa. *Quem ela achava que estava enganando?* Aquilo tudo era um desastre. E, tendo intuído o estado de espírito em que ele se encontrava, suspeitava que Zafir não pretendia deixá-la sair dali sem maiores explicações. Era o filho mais velho da família governante no reino de Zachariah e, consequentemente, era não apenas importante, mas também poderoso. Darcy sabia que se sua motivação não fosse a de contar que ele tinha um filho e herdeiro, jamais tentaria encontrá-lo.

– Deveríamos levá-la até a casa principal para que possamos tomar as devidas providências para cuidar dela – acrescentou o dr. Eden.

O segurança que a descobrira disse:

– Vou pegar uma maca, Vossa Alteza.

– Isso não será necessário, Rashid – disse Zafir, avaliando Darcy. – Vou carregar a srta. Carrick até em casa.

O protesto indignado de Darcy por ser tratada como um pacote morreu em seus lábios. Em suas fantasias, quando se permitia flertar com a ideia improvável de se encontrar mais uma vez com Zafir e ter uma conversa franca com ele sobre o que realmente acontecera naquela época, não era assim que acontecia. Não, *jamais* assim... O homem caloroso, engraçado e culto para o qual ela trabalhara e por quem se apaixonara era uma pessoa muito diferente daquele feroz estranho com que se deparava agora.

Mordendo o lábio, murmurou:

– Acho que prefiro rastejar.

Darcy não sabia se ele a tinha ouvido. Zafir simplesmente a tomou nos braços, como se fosse uma pluma.

– Espero que você não tenha um cúmplice nessa pequena contravenção, Darcy – disse ele.

Ela se encolheu em vez de reagir. Mas seu peito estava tomado pela dor e pelo arrependimento.

Ah, será que ele não conseguia enxergar além das próprias crenças equivocadas e dar-se conta da verdade? Era óbvio que não.

Seguido por Rashid, Zafir carregou Darcy, que precisou lidar o tempo todo com a inesperada intimidade de ser pressionada firmemente contra o peito dele, sabendo que Zafir não encontrava prazer na sensação e que tudo o que provavelmente sentia por ela era desprezo.

O CORAÇÃO de Zafir batia duas vezes mais rápido enquanto carregava Darcy até o confortável sofá da sala. Nem em seus sonhos mais loucos, pensou que teria a oportunidade de tê-la junto ao seu peito novamente. Quando a tirara de sua vida há quatro anos, jurara jamais voltar a *pensar* nela. Mas alguma coisa lhe dizia, durante todo o tempo, que estava mentindo. Aquele lindo rosto, que sempre comparava ao semblante de um anjo, estava gravado em seu coração, quisesse ele ou não.

Afastar-se de Darcy conforme a ajeitava no sofá macio não foi tarefa fácil, não quando o perfume dela entorpecia seus sentidos e ele percebia que seus extraordinários olhos azuis ainda tinham a capacidade de deslumbrá-lo.

Mas seria um tolo caso se esquecesse por um instante que aquela mulher o traíra cruelmente. Se o relacionamento entre eles tivesse progredido, teria dado tudo a Darcy – não menos do que seu amor eterno e devoção –, mas ela arruinara o que tinham ao agir pelas suas costas e, como se não bastasse, agindo de forma errada com Xavier, seu irmão.

Ela se comportara de forma inacreditável. Com seu rosto angelical e artifícios femininos, Darcy poderia levar qualquer homem a fazer o que desejasse. Xavier o advertira mais de uma vez do ela era capaz, ainda que Zafir soubesse que seu irmão, um notório sedutor, fosse afeito a manipular a verdade de vez em quando.

Mas o sangue era mais espesso do que a água, dissera Zafir a si mesmo. Além disso, como não acreditar no que tinha visto com seus próprios olhos?

Logo depois do incidente chocante, Xavier não perdeu tempo em dar-lhe mais detalhes sobre quem Darcy *realmente* era, dizendo que tinha observado a forma como se comportava no banco da família do qual era funcionária muito antes de Zafir aparecer para dirigir a sede em Londres.

A cena constrangedora que ele testemunhara acabara com todas as suas esperanças. Flagrara Darcy em um abraço comprometedor com Xavier.

Imediatamente, ela negou qualquer irregularidade. Em vez disso, insistira estar, na realidade, tentando *esquivar-se* de Xavier, e não *o abraçando*. Afirmou que o irmão de Zafir a estava perseguindo e que vinha fazendo isso há meses. Era *ele* quem deveria ser punido, não *ela*.

– Rashid, peça à governanta que traga uma bebida para a minha hóspede inesperada. O que deseja, srta. Carrick? Chá ou café?

– Nada, obrigada.

Era difícil não se sentir tocado com a ansiedade refletida nos vívidos olhos azuis de Darcy e, estranhamente, aquilo incomodava Zafir mais do que deveria. Será que ela honestamente não estava preocupada que ele pudesse chamar a polícia e processá-la por invasão de propriedade privada? Não havia razão para que *não* fizesse isso, disse a si mesmo.

Não importava mais o que tinha acontecido entre eles no passado, Zafir certamente não lhe devia nenhuma lealdade.

– Eu... Eu só quero saber o que você pretende fazer sobre tudo isto – disse ela, nervosa.

– Perdoe-me pela interrupção, Vossa Alteza – disse o dr. Eden, enquanto se aproximava do sofá em que Darcy estava deitada. – Mas creio que o melhor, seja qual for sua decisão, é que primeiro levemos a srta. Carrick ao hospital, para que a lesão possa ser radiografada.

Saindo do estupor em que caíra enquanto olhava para Darcy, Zafir assentiu. Apanhou o celular do bolso interno da *kandura*, o traje árabe tradicional que usava, e pediu uma ambulância dos hospitais mais exclusivos de Londres. Ao voltar o olhar para Darcy, acreditou que pudesse estar entrando em choque. Ela parecia bastante ruborizada, e seus olhos estavam fechados.

– Dr. Eden, peço que confira a temperatura da srta. Carrick. Ela não me parece bem.

– Não se preocupe, Vossa Alteza. O desmaio não é uma reação incomum depois de uma queda. Mas farei o que me pede.

– Muito bem.

Pouco tempo depois, satisfeito com a afirmativa do médico de que a elevação de temperatura de Darcy não era significativa, Zafir notou que ela parecia perdida em pensamentos.

E ele, dessa vez, não tinha como saber quais eram esses pensamentos. Em certa fase de sua vida, estivera intimamente sintonizado com o que se passava pela cabeça dela, como só um homem apaixonado poderia estar. Mas agora carregava o sofrimento de sua traição como uma ferida que jamais se curaria.

O som da sirene da ambulância quebrou o silêncio da sala com a violência de um trovão.

Ao disparar na direção da porta de entrada com Rashid em seus calcanhares, Zafir gritou para o médico:

– Fique de olho na srta. Carrick. Não a perca de vista!

– O que você acha que vou fazer? Desaparecer em uma nuvem de fumaça? *Bem que eu queria* – resmungou Darcy.

Zafir não perdeu tempo em responder. Uma vez na entrada da casa, levou os paramédicos até onde Darcy estava acomodada. Ao entrar na sala e olhar para ela sob um novo ângulo, percebeu que estava preocupada.

Ele também se sentia assim. Naquele momento, honestamente não sabia que providências tomar a respeito da queda dela em sua propriedade *ou* sobre a súbita reaparição dela em sua vida. Não decidira se deveria processá-la ou não. A maioria das pessoas em seu círculo privilegiado não hesitaria em jogá-la na cadeia.

Ele ainda não tinha aprendido que Darcy não era de confiança?, diriam as pessoas. Ela não passava de um oportunista... Uma *Jezabel*.

Quase podia ouvir as palavras de condenação ecoando em seu cérebro. Não perderia mais tempo pensando naquilo, precisava esperar os resultados dos exames. Por isso, instruiu os paramédicos a fazerem o que tinham que fazer e transportá-la para a ambulância.

Darcy usava jeans, um suéter de lã azul-marinho e uma jaqueta curta cor de mostarda. E enquanto os paramédicos colocavam seu corpo miúdo na maca, Zafir notou que ela estava ligeiramente mais magra desde seu último encontro. *Será que estava se alimentando corretamente?*

Lembrou-se de que muitas vezes Darcy perdia o apetite sob estresse, e mesmo sabendo que não devia se importar com o que quer que a estivesse incomodando, uma vez que ela não significava *coisa alguma* para ele, Zafir disse, de repente:

– Vou com ela ao hospital.

– Claro que sim, Vossa Alteza – respondeu o paramédico. – E para tranquilizá-lo, devo dizer que será um procedimento muito simples. Em pouco tempo ela vai estar em pé novamente, o senhor verá.

O paramédico era um homem de 40 e poucos anos, corpulento, com aparência alegre, e começando a ficar calvo, um daqueles tipos confiáveis que os ingleses provavelmente descreveriam como "o sal da terra". E, de forma inesperada, Zafir sentiu-se tranquilizado, pelo menos por um minuto ou dois.

Quando a competente equipe médica do hospital encaminhou Darcy para uma sala de exames, Zafir foi com ela. Antes de entrarem, o dr. Eden tinha-lhes dado uma avaliação eficiente e, em respeito aos colegas, disse ao sheik que o esperaria lá fora.

Toda aquela movimentação dificilmente tranquilizaria Darcy. O cheiro tão familiar do hospital e a visão com a mesa de exames de aparência assustadora deixaram-na enjoada. Além disso, a aristocrática presença aterradora de Zafir ao seu lado só fazia com que tudo parecesse pior. Mas o seu pensamento mais urgente era o filho. Naquele momento, Sami estava com a mãe dela, mas e se precisasse passar a noite no hospital?

Darcy jamais contara à sua mãe quem era o pai de Sami, e pensou em como poderia contar o que acontecera naquela tarde sem chocá-la demais. Sabia que sua mãe pensaria que perdera o juízo ao escalar o muro da casa de um sheik para tentar falar com ele. E ainda por cima, torcendo o tornozelo no processo.

Valeu a pena?, Darcy podia ouvir a mãe perguntar. *Deveria ter insistido para marcar uma reunião com ele, não importando quanto tempo demorasse. Olhe ao que você se expôs!*

O coração de Darcy de repente pareceu tão pesado quanto uma pedra.

E isso *antes* de contar à mãe que Zafir estava furioso com ela *antes* mesmo de revelar que estava grávida quando se separaram e que agora tinham um filho juntos.

E por Zafir estar noivo, prestes a se casar, sabia que a notícia dificilmente seria a melhor que ele poderia receber. Mas, ao mesmo tempo, quais seriam as consequências para *ela*? E se ele exigisse imediatamente a custódia de Sami? Ou... pior ainda... E se Zafir quisesse levá-lo de volta para Zachariah, longe dela e de tudo o que o menino conhecera nos últimos quatro anos? Darcy não podia suportar aquele pensamento.

CAPÍTULO 2

DARCY TINHA uma tala e uma faixa ajustada em volta de seu tornozelo machucado. Por sorte, a radiografia não revelara ossos quebrados, mas havia rompido os ligamentos e precisaria de, ao menos, três semanas de repouso completo para que começassem a melhorar, começando com uma noite inteira no hospital, para que a equipe médica pudesse ficar de olho nela.

Aquela foi a parte que a deixou mais alarmada. As instalações médicas impressionantes e luxuosas eram obviamente muito dispendiosas, e de jeito nenhum poderia gastar seu dinheiro suado para ficar lá. Era essencial que voltasse para casa.

Zafir tinha ido conversar com o médico e sua necessidade de falar com ele estava ficando cada vez mais urgente. A tensão que sentia era quase insuportável. Mas, então, ele voltou e sua presença magnética fez o ar girar. Não havia sinal de Rashid ou do dr. Eden.

O impacto causado pela figura de Zafir usando seu traje impressionante a atingiu de novo. Com traços desenhados, de ossos fortes, e o cabelo escuro ondulado, sua aparência dominante era suficiente para deixar qualquer um sem fala. Ele era simplesmente *magnífico*.

Apoiada em um par de travesseiros fofos na cama do hospital, com o tornozelo elevado, Darcy sentiu o coração acelerar. Não podia deixar de se sentir um pouco intimidada. O instinto lhe dizia que, com todo o drama de sua queda, talvez agora *não fosse* a hora certa de contar sobre Sami.

Talvez a confissão devesse ocorrer sob circunstâncias mais favoráveis. Se ela pudesse preparar melhor o cenário, Zafir talvez enxergasse a súbita e inquietante aparição dela em sua vida mais favoravelmente, não?

Impulsivamente, Darcy pegou a mão dele. Como não havia contado à mãe que voltaria tarde, sentiu o medo de passar a noite longe de seu filhinho aumentar.

– Não posso passar a noite aqui, Zafir. Preciso voltar para casa. Há... Há algo importante que preciso fazer.

Fascinado, Zafir olhou fixamente para a mão esguia apertando a dele, como se não pudesse acreditar muito bem que era a dela. Então, ergueu a cabeça, e onde antes havia sedução em seus olhos escuros, agora havia desconfiança e dureza. Estava claro que Zafir não ia hastear uma bandeira branca naquele momento.

– O que tem a fazer que é tão importante? – perguntou Zafir. – Você quer informar ao seu cúmplice que não teve sucesso ao invadir minha casa? É isso que precisa fazer, Darcy? Haverá consequências se não for para casa hoje?

Retirando a mão com um gesto brusco, Darcy corou, indignada.

– Pelo amor da Deus! De uma vez por todas, eu *não* estava tentando invadir e *não* tenho um cúmplice. Acha que estou tão desesperada por vingança depois de tudo o que aconteceu que decidiria invadir sua casa quando sabia que você estava lá?

– Não posso nem imaginar *que tipo de coisa* passa pela sua cabeça, Darcy. Certa vez, achei que soubesse quem você era – disse ele, sombrio –, mas é evidente que não. Quanto às suas razões para aparecer em minha residência de modo tão dramático, sou Sua Alteza Real, o sheik Zafir el-Khalil de Zachariah, e naturalmente minha riqueza e minha posição atraem a atenção. Nem sempre desinteressada.

Perturbada por Zafir claramente ainda pensar que era uma mentirosa, quando tudo o que fizera tinha sido permanecer leal a ele e oferecer-lhe sua devoção, Darcy achou as palavras dele difíceis de suportar. Mas, de repente, algo que ele disse lhe chamou a atenção.

– Acabei de perceber... Esse era o título de seu pai, não era? Quero dizer... *Ele* era o sheik de Zachariah, não era? Está dizendo que ele faleceu e que agora você é o...?

– O sheik... Sim, sou eu.

Foi como se um obturador tivesse se fechado sobre o olhar enigmático dele e transformado seus sentimentos em algo impossível de ler. Será que ele ainda estava de luto? Deveria estar. Darcy sabia que pai e filho tinham sido próximos.

Ela sentiu uma simpatia genuína, que aflorou acima das águas turbulentas que fluíam entre os dois. Sabia bem demais o que significava perder um pai devotado. E em certa ocasião, Zafir havia dito a ela o quanto amava e admirava o estimado pai, e o quanto esperava um dia dispor da sabedoria e do conhecimento paternos.

– Sinto muito... Sinto muito por sua perda – disse ela, baixinho.

Por um breve momento, pareceu que a confusão e a desconfiança nos olhos dele tinham diminuído. Mas muito rapidamente a expressão endureceu mais uma vez e aquilo a trouxe de volta ao presente.

Erguendo o queixo, ele disse:

– Como falei, minha posição atrai atenção e nem sempre é bem-vinda. Estou ciente de que pessoas pouco escrupulosas podem tentar me roubar de vez em quando.

– Bem, não sou uma delas. – Os olhos azuis brilhantes dela não escondiam a decepção.

– Então qual era a urgência em falar comigo? A razão para todas as mensagens que você diz que deixou em meu escritório... Mensagens que nunca recebi?

– Queria falar disso com você em particular. Em algum lugar em que possamos falar com liberdade.

– Aqui é particular o bastante. Talvez você não tenha outra oportunidade.

– Por quê? Você me despreza tanto assim que não suporta a ideia de me ver de novo?

Ao ouvir o tom perturbado da voz dela, Zafir ficou alarmado. Será que *qualquer* homem poderia desprezar uma mulher como Darcy?

Ele se lembrou do dia em que ela havia entrado em seu escritório, tendo sido designada como sua assistente particular. Zafir determinara que o gerente administrativo do banco selecionasse alguém, e o homem lhe garantira que Darcy era uma das melhores. Ao ler suas credenciais, Zafir tinha concordado.

Quando ele finalmente a conheceu, seu coração deu um salto de surpresa e prazer. A beleza dela era do tipo etéreo, para quem os poetas românticos escreviam as baladas mais doces...

Todos os pensamentos sobre trabalho e a agenda exigente que ele deveria cumprir foram instantaneamente esquecidos. Sendo um macho de sangue quente, tudo o que tinha sido capaz de pensar fora em como seria seduzi-la.

Nunca antes Zafir experimentara o desejo por uma mulher tanto quanto por Darcy. Seu corpo escultural e cabelo dourado o haviam cativado desde o primeiro instante. E não tinha sido somente aquilo. Quando começou a conhecê-la, percebeu que Darcy possuía muitas qualidades admiráveis. Delicadeza, generosidade e um sorriso a postos, não importava o que ela pudesse estar sentindo. Tudo lhe vinha tão facilmente quanto respirar, ao que parecia.

Apenas uma semana mais tarde, tendo desenvolvido o hábito de chamá-la ao seu escritório com mais regularidade do que o estritamente necessário – fosse com o pretexto de tomar notas, ou para olhar alguma "correspondência importante" com ele –, Zafir soubera que estava se apaixonando.

Agora, tirando o cabelo comprido do rosto, ele a encarou.

– Eu não a desprezo – disse ele. – O que você queria dizer? Pode me explicar agora.

Deixando escapar um suspiro, ele se sentou ao lado dela na cama, cuidando para não fazer sacudir seu tornozelo suspenso. Ela pareceu surpresa, mas se recompôs rapidamente.

– Certo. Depois que você me demitiu... Eu... Eu descobri que estava grávida.

Houve um súbito silêncio ensurdecedor dentro da cabeça de Zafir. A intensidade dele, junto com as batidas aceleradas de seu coração, criaram outro som. Ele parecia parado nas redondezas de uma explosão. Quando finalmente se recompôs, ele considerou a possibilidade de estar sonhando. Darcy havia *engravidado*? Zafir sempre tomara todas as precauções.

De repente, ele ficou furioso.

– Isto é algum tipo de piada cruel que você está fazendo comigo, Darcy? Sempre tomei cuidado para protegê-la de tal evento. Se engravidou, então o bebê não pode ser meu. Você está me dizendo que engravidou *do meu irmão*?

A simples ideia o deixou enjoado.

– Sei que você não me tem em alta conta, mas esta é uma acusação vil. O bebê que eu tive é *seu*, Zafir... seu *filho*. Aquela primeira vez em que estivemos juntos, nenhum de nós tomou cuidado como deveria. Eu tinha começado a tomar a pílula, mas não houve tempo suficiente de... Antes de passarmos a noite juntos. Embora tenhamos planejado, tudo aconteceu tão rápido, você não se lembra? Mal podíamos conter nossas emoções.

Ela queria dizer que não foram capazes de manter as mãos longe um do outro.

Mesmo agora, as lembranças o deixavam fraco de desejo. Mas no fundo da mente, algo subitamente o incomodou: que no auge de um prazer tão poderoso e urgente quanto o que os tomava, ele *não tinha* sido tão diligente com a proteção quanto deveria.

A noite em que haviam se tornado íntimos pela primeira vez foi a que ele a levara para um dos mais novos e exclusivos hotéis de Londres. Zafir queria garantir que fosse uma noite inesquecível para ela. Providenciara para que a cama suntuosa fosse coberta com pétalas de rosa e para que a suíte luxuosa fosse perfumada com um raro perfume vindo de Zachariah. Não havia nada que ele não teria feito para que Darcy se sentisse como o centro de seu universo... Para lhe mostrar que ele era devotado à felicidade dela.

Entretanto, mais tarde, quando descobriu que ela o traía, a esperança de que compartilhariam um alegre futuro juntos, de que faria dela sua rainha, indo contra a tradição de seu país, tinha sido esmigalhada bem diante de seus olhos. E agora Darcy lhe dizia que ele a deixara grávida...

Zafir estava feliz por estar sentado. Sentia-se como se estivesse em meio a uma tempestade, cujo poder ameaçava desestabilizá-lo, não importava o quanto lutasse para permanecer em pé. Não era a primeira vez que refletia que poderia ter cometido o mais terrível erro ao deixá-la partir. Mas agora, ao enfrentar as consequências dessa decisão – tanto quanto o desejo de consertar as coisas de alguma maneira –, ele precisava absorver a possibilidade real de que era um *pai*. E se era, tinha um herdeiro.

Seu desejo mais caro supostamente se realizara e ele nem mesmo soubera. Mas a crueldade da dúvida, de não ser capaz de receber a notícia com uma confiança total, ainda o atormentava. Será que *realmente* poderia ter sido tão idiota no passado quando a despedira? Será que *realmente* era o pai do filho dela?

Porém, enquanto a examinava com mais atenção, não pôde deixar de acalentar a ideia.

– Fui mesmo tão irresponsável a ponto de não usar proteção na primeira vez em que fizemos amor?

Darcy corou.

– Estávamos tão loucos um pelo outro que não acho que algum de nós teve tempo de pensar muito no que estava fazendo.

Relembrando, Zafir foi inundado por um calor parecido com o da corrente de ar quente que varria as areias do deserto. *Ninguém conseguia despertar seu desejo como ela.*

Mas rapidamente retornou à história de Darcy.

– Você tem alguma ideia do que significa para alguém em minha posição ter um filho? Significa que a antiga dinastia dos meus ancestrais vai continuar. Nada pode trazer mais satisfação e propósito do que isso.

– Fico feliz que seja importante para você. Estou certa em pensar que se envolverá na vida de nosso filho, não estou?

– Se ele *é* meu filho, então é claro que quero me envolver na vida dele. Você não ouviu o que eu acabei de dizer?

– Mas... E sua noiva? *Ela* não vai querer participar de qualquer decisão que você tome a esse respeito? Certamente, vai ser um choque para ela saber que tem um filho de outra pessoa.

Percebendo que mal pensara na futura esposa desde que colocara os olhos de novo em Darcy, Zafir soube que precisava desmarcar o casamento com uma mulher que não amava e que jamais amaria.

Farrida vinha de uma poderosa família árabe, tão rica e privilegiada quanto a dele, e se conheciam há anos, mas na verdade era uma pedra de gelo na cama. Podia ser uma das mulheres mais bonitas do reino, com uma linhagem impecável, mas era mimada demais, só pensava em si mesma.

Zafir só concordara com o casamento porque, como sua mãe o relembrava com regularidade, uma hora ou outra, ele precisaria produzir um herdeiro. Precisava colocar o dever em primeiro lugar, e sua união com Farrida seria considerada muito vantajosa para as duas famílias.

– Por que você não permite que *eu* lide com isso e se concentra em ficar melhor de seu tornozelo?

– Precisa *saber* que me preocupo com o fato de que você vai se casar. Isso terá implicações para mim, e para meu filho, também. Tem sido um caminho longo e difícil, só com minha mãe para me ajudar a cuidar dele para que eu possa trabalhar e ganhar o dinheiro que precisamos. Ainda que eu agradeça qualquer apoio que você possa nos dar, não quero me arriscar a perder Sami se decidir me processar pela custódia conjunta. Você concorda com o fato de ele continuar morando *comigo*? Quando fala sobre sua "dinastia", isso me preocupa. Quis lhe contar sobre nosso filho há tanto tempo... Eu jamais esqueci você. Quando li que ia se casar, soube que era mais importante do que nunca que soubesse a verdade.

– E o garoto... Sami... Ele tem 4 anos agora?

– Sim.

– Confesso que ainda estou tendo dificuldade em acreditar em tudo isso, Darcy. Tenho muitas razões para *não* acreditar em você... Lembra?

A declaração dele fez arrepios correrem pela espinha dela. Darcy soube que ainda tinha que lidar com as desconfianças e suspeitas de Zafir.

– Nunca menti para você. Sei que não confia em mim, mas é verdade. Não foi o único que ficou magoado com o que houve. Não apenas você pensou que fui mentirosa e traidora, mas eu também tive que sofrer a humilhação de ser despedida do meu emprego como se... *como se eu não valesse nada.* O que houve me feriu mais do que você jamais saberá. Deixe-me ir para casa, Zafir. *Por favor* – implorou ela. – Realmente preciso voltar hoje. Dou-lhe minha palavra de que estarei lá quando quiser discutir quaisquer planos relativos ao nosso filho.

Ele pareceu encarar os olhos dela por um longo tempo antes de falar, mas ela não encontrou conforto no olhar dele... Havia tudo ali, *menos isso*. Naqueles segundos intermináveis, Darcy sentiu como se estivesse parada em frente a um magistrado impiedoso, prestes a condená-la à prisão perpétua. Não havia *nada* que ela pudesse dizer para comovê-lo?

– Não importa como eu me sinta pessoalmente a respeito de sua situação. Não posso permitir que o hospital a libere hoje. Precisa ficar aqui até amanhã, quando o médico vai reexaminá-la. Depois disso, se estiver convencido de que eles fizeram todo o possível para ajudar na sua recuperação, você poderá, é claro, ir para casa. Mas fique certa de que anotarei seus dados.

– Por quê? Porque quer ver Sami ou porque ainda pretende me processar por invasão?

Naquele momento seus olhos *realmente* se encheram de lágrimas.

O olhar dele estava tão frio quanto água gelada.

– Para ver meu filho, é claro. Não pretendo processá-la agora que sei a razão da sua invasão.

Com uma fungadela, Darcy limpou as lágrimas com as costas da mão.

– Bom. Mas quanto a eu passar a noite, não poderia pagar, mesmo que estivesse às portas da morte. *Ninguém* tem dinheiro para queimar como...

– Como *eu*? Era isso que você ia dizer? – Encolhendo os ombros, como se não se incomodasse com nada do que ela pensasse, Zafir começou a se afastar. Mas então parou subitamente e se virou para ela. – Você não terá que pagar esta conta em particular, Darcy, eu pagarei. Mas não duvide de que será obrigada a me recompensar... De um modo ou de outro.

Quando a porta do quarto se fechou atrás dele, Darcy jogou a cabeça nos travesseiros e, furiosa, encarou o teto. Seu desconforto físico tinha sido aliviado, graças aos analgésicos, mas não sabia como relatar aqueles eventos extraordinários para a mãe. E tudo isso porque resolvera fazer alguma coisa a respeito da própria vida e fora procurar por Zafir em sua impressionante mansão.

* * *

Ficar cara a cara com Darcy novamente não ajudou Zafir a dormir em sua cama naquela noite. A magia que aquela mulher lançava em torno dele era como uma droga à qual era impossível resistir e, quando estava perto dela, sentia-se como um viciado em um programa de reabilitação.

Aquilo havia acabado há quatro anos, e Zafir pensava ter se acostumado à ideia de que nunca mais a veria novamente. Mas o destino, ao que parece, tinha outros planos. Se fosse verdade que ele a deixara grávida, então toda sua vida mudaria, agora que tinha um filho e herdeiro.

Bem quando estava prestes a cair no sono, lembrou-se dela lhe dizendo o quanto ficara ferida, também – *mais do que ele jamais saberia*. Agora que sabia o que Darcy queria dizer, que estava grávida dele quando a despedira de seu cargo, ele se sentiu como o tirano mais cruel que se podia imaginar, por tê-la julgado mal, abandonando-a. Mas ainda não podia ter certeza de que ela não o traíra com seu irmão, e até que pudesse se certificar, teria a espada de Dâmocles pendurada sobre sua cabeça.

Zafir acordou cedo e foi para o hospital, com certo receio de uma fuga de Darcy, a despeito de ter deixado Rashid guardando sua porta e do estado do tornozelo dela. Não pôde conter o alívio quando a viu sentada sobre a cama do hospital, completamente vestida. Parecia um pouco fraca e não se mostrou satisfeita em vê-lo.

– Ah, é você.

Querendo sorrir, ele não o fez. A situação era séria demais para qualquer leveza.

– Sim, sou eu. Conseguiu dormir um pouco durante a noite passada?

– E você se importa se eu dormi ou não?

– Não seja tão infantil.

– Só quero sair daqui e ir para casa.

– Você não vai a lugar algum até que eu fale com o médico, e mesmo então não vai até que me dê seu telefone e endereço.

DARCY SUSPIROU, cansada. A razão pela qual estivera tão determinada a confrontá-lo era porque tiveram um filho juntos... Ela não deveria se esquecer daquilo.

– Claro, Zafir, eu já *disse* que *desejo* lhe dar a chance de enfrentar suas responsabilidades, se for o que quer também. E, ainda mais importante, desejo que meu filho conheça o pai e que você possa conhecê-lo e se orgulhar dele.

– Também quero isso... *Se* ele realmente for meu filho. – O coração dela se contraiu com a ideia de que ele ainda não acreditava nela. – De qualquer forma, pretendo manter contato com você. Mas agora vou dizer à enfermeira que gostaríamos de ver o médico.

Darcy não tinha escolha, a não ser esperar.

Quando Zafir voltou, ela perguntou, com esperança:

– Vou ter alta depois de ver o médico?

– Vamos descobrir em breve. Uma enfermeira vai levar você para a sala de exames enquanto falamos.

Um momento depois, Darcy foi submetida a um exame minucioso.

– Bem, srta. Carrick, seu ferimento está evoluindo como eu esperava. Embora ainda esteja muito sensível, o tornozelo deve se curar completamente se você tomar o cuidado apropriado e descansar.

– Obrigada. *Estou* aliviada por não ser tão ruim quanto eu temia. Tudo o que quero agora é ir para casa.

– Isso é completamente compreensível, mas primeiro deve ver nosso fisioterapeuta para receber algumas instruções. A última coisa que quero fazer é lhe dizer que você é uma jovem muito afortunada por ter sido socorrida por uma personalidade como o sheik de Zachariah em pessoa.

O médico mal conseguia disfarçar a curiosidade enquanto a espiava mais de perto.

Será que ele estava imaginando que a loura delicada de rosto angelical era sua amante?, pensou Zafir. Ele não sabia o motivo, mas aquilo o irritava seriamente.

– Não será necessário que nos leve até a fisioterapeuta, dr. Khan. Uma enfermeira pode nos acompanhar facilmente.

– Como desejar, Vossa Alteza.

O médico sorriu, mas Zafir podia dizer que o homem não tinha certeza de que seus serviços haviam agradado Zafir ou não, e não importava o quanto fosse admirado em sua área, não queria se arriscar a perder um cliente como o sheik sob quaisquer circunstâncias.

– NÃO SEI *por que* você pensou que eu precisava de uma cadeira de rodas, Zaf... Vossa Alteza. – Corando de embaraço sob o escrutínio muito astuto de Rashid, enquanto ele parava sua cadeira ao lado do reluzente carro preto de seu chefe, Darcy intimamente amaldiçoou a insistência de Zafir para que evitasse usar seu nome, porque supostamente *estava abaixo dele*.

A devastação que enfrentara naquele dia, quando ele cruelmente lhe dissera que não queria ter mais nada a ver com ela, ainda era capaz de feri-la com gravidade. Não era diferente dos sintomas do estresse pós-traumático sempre presente; aquilo nunca tinha ido embora. Sendo aquele o caso, Darcy não poderia – *não fingiria* que o relacionamento deles tinha sido casual, não importava o quão alto ele havia subido no meio-tempo.

– Não é *tão* difícil manobrar um par de muletas.

As sobrancelhas escuras e aveludadas de Zafir se uniram em um franzir reprovador.

– Por que não estou surpreso por ouvi-la dizer isso? Não devia ter me esquecido de como você pode ser teimosa. Pare com isto, vou ajudá-la a entrar no carro.

Em um momento, Zafir soltou a tira que a segurava e, enquanto Rashid mantinha a porta aberta, ergueu-a e a colocou dentro do carro. Cuidadosamente arrumando seu tornozelo enfaixado no espaço para os pés, ele afivelou seu cinto de segurança e ordenou ao guarda-costas que cuidasse das muletas. Então, sem dar a Darcy mais do que um olhar superficial, sentou-se ao seu lado. Rashid acomodou-se ao lado do motorista.

Mais uma vez, o aroma sensual do exótico ágar-ágar alcançou Darcy, enquanto o calor do corpo dele parecia alcançá-la, fundindo-se ao dela. Torcendo seus lábios, ela se perguntou se alguém já registrara quão rapidamente o coração de uma mulher poderia bater quando o amor de sua vida agia como se fosse uma punição ficar perto dela. Será que havia, de fato, um registro para uma coisa dessas?

Para combater a tensão, ela disse:

– Quando eu chegar em casa, você não precisa entrar comigo. Posso me virar perfeitamente bem usando minhas muletas.

O homem ao seu lado virou-se lentamente para examiná-la.

– Poupe o fôlego, Darcy, e me ouça. Não importa o quanto tente me acalmar, não vou me desculpar por insistir em acompanhá-la. Seria uma negligência minha levá-la em casa após seu acidente e não entrar para garantir que tenha tudo o que precisa e que está segura.

Agora seu coração batia com força por uma razão diferente. Zafir iria encontrar o filho deles pela primeira vez. O que ele diria? O que faria?

Sami era um garotinho sensível e provavelmente se sentiria constrangido com o olhar intimidante de Zafir, a menos que ela o preparasse primeiro. Apesar de toda sua rapidez de pensamento e todas as suas certezas, como Darcy iria lidar com *aquilo*?

CAPÍTULO 3

DARCY HAVIA temido e desejado que Zafir conhecesse o filho e era difícil acreditar que aquilo finalmente aconteceria. Quando o carro parou ao lado do sobrado modesto no subúrbio arborizado de Londres no qual ela morava, seu medo a respeito do encontro deles parecia prestes a *sufocá-la.*

Ela não podia garantir que confiava inteiramente nele. E se ele exigisse a custódia de Sami para puni-la porque não soubera sobre a gravidez desde o primeiro momento? Era um homem poderoso, com acesso aos melhores advogados do mundo. O que o impediria de processá-la?

Umedecendo os lábios ressecados, Darcy encontrou o olhar inescrutável dele.

– Você não precisa me carregar para dentro da casa. Fico feliz em ir de cadeira de rodas.

– Bom.

Por alguns segundos, Zafir pareceu se divertir, mas ela sabia que não deveria se enganar com alguma suposta simpatia que ele pudesse nutrir por ela. Não quando ele tinha tanta certeza de que ela o enganara.

O leal Rashid permaneceu esperando do lado de fora do carro depois de um sinal de seu chefe, e observou e esperou enquanto Zafir a ajudava a se acomodar na cadeira de rodas.

Empurrando-a na direção da porta da frente, Zafir esticou a mão para tocar a campainha.

Darcy sentiu-se zonza. Era natural que devesse antecipar o pior, pensou. Esse homem não era mais seu patrão e amante... Era agora uma entidade desconhecida e uma ameaça séria para tudo o que ela mais amava.

Rapidamente buscando no bolso do casaco, achou sua chave bem a tempo.

– Não precisa tocar a campainha. Estou com minha chave.

– Então a dê para mim e eu abrirei a porta. Haverá alguém aqui para lhe ajudar enquanto seu tornozelo se recupera? – Sua testa bronzeada se franziu, como se a noção que poderia não haver alguém ali por ela o perturbasse.

Colocando a chave na palma da mão dele, Darcy mal se sentiu capaz de responder. Mas no instante seguinte, ele a empurrou para dentro do vestíbulo acarpetado e o único som que a saudou foi o tique-taque do relógio do avô... O relógio que um dia fora o orgulho e alegria de seu pai. Tirando isso, a casa estava quieta.

– Sami e eu vivemos com minha mãe, mas acho que ela deve ter saído.

Fechando a porta atrás deles, Zafir disse:

– Presumo que isso signifique que você não tem um marido.

Plantando-se firmemente na frente dela, cruzou os braços sobre o peito, deixando-a sem dúvidas sobre o que desejava saber e que iria descobrir a verdade sobre sua situação por quaisquer meios que fossem necessários.

Respirando bem fundo, Darcy respondeu:

– Não. – Como ela poderia lhe dizer que só desejara um homem para marido e que era ele? – Não há ninguém em minha vida, além de Sami e minha mãe.

– Não posso fingir que estou triste sobre isso. – Seus olhos pretos com longos cílios se fixaram nela intensamente. – Poderia complicar as coisas se você estivesse em um relacionamento.

Sabendo do que ele falava, Darcy apertou os braços da cadeira de rodas.

– Como sem dúvida complicarão quando você se casar com essa mulher de quem está noivo – disse ela prontamente, erguendo o queixo sem perceber. – Se Sami vai passar mais tempo com você no futuro, preciso confessar que ficarei desconfortável com a ideia de sequer conhecê-la. Como ela é?

– Seu nome é Farrida. Vem de uma importante família de Zachariah e sua beleza e intelecto são muito admirados. Conhecemos um ao outro desde crianças.

O modo distante com o qual ele descreveu a futura esposa não contou muito a Darcy a respeito dela, certamente não sobre as coisas importantes que queria saber, como seu caráter e valores.

– Ela é uma pessoa calorosa e amistosa? – pressionou ela. – Suponho que o que desejo perguntar é: ela gosta de crianças?

O fato de Zafir ter dado à sua pretendida um nome, bem como listar atributos aos quais ela não podia se igualar, tornaram a mulher ainda mais ameaçadora para Darcy.

– E você...? – Ela mal ousou fazer a próxima pergunta. – Você a ama?

O olhar que Zafir lhe devolveu era indiscutivelmente fatigado, como se o assunto o entediasse e o irritasse ao mesmo tempo.

– Quanto a gostar de crianças ou não, ela sabe que se espera que produza herdeiros. Isso não é compatibilidade amorosa. Casamentos arranjados são prática comum entre aqueles com poder político e riqueza em meu país. Nosso destino sempre foi casar com alguém do nosso círculo.

– Então o que está dizendo é que não tem escolha sobre com quem vai se casar?

O sorriso que ele deu era irônico.

– Minha mãe, a rainha-mãe, não insistiria se a mulher não me satisfizesse.

– O que você quer dizer com isso?

Descruzando os braços, ele suspirou, e seu suspiro estava carregado de impaciência.

– Certamente *você*, entre todas as mulheres, sabe o que quero dizer, não? Já se esqueceu de como era entre nós?

A lembrança foi como uma foice cortando-a por dentro, porque ficou claro que Zafir estava se unindo a alguém muito melhor do que *ela*. Quer Zafir se casasse ou não com a bem-criada beleza de quem falara, a mulher tinha que ser uma aposta muito melhor do que ela jamais fora.

– Será que poderia pegar um copo de água para mim? A cozinha é ali.

Zafir reapareceu alguns momentos depois com a bebida. Mais uma vez, sua colônia deliciosa flutuou no ar, conjurando imagens potentes de uma terra muito diferente, cuja história se alongava até o início dos tempos.

– Precisa de seu remédio? – perguntou ele. – Tenho-o aqui.

Ele lhe deu os analgésicos, junto com o copo de água.

– Obrigada. – Apertando a embalagem de alumínio com dedos trêmulos, Darcy colocou duas cápsulas na mão. Então as engoliu com a bebida, o tempo todo ciente de que seu amante a observava avidamente, quase como um falcão prestes a mergulhar em sua presa.

– Assim é melhor – disse ela, por nenhuma outra razão, além de ser algo para quebrar o silêncio.

– Embora não sejamos mais amantes – declarou Zafir subitamente –, se eu escolher não me casar com Farrida, e ficar provado que Sami de fato é meu filho, há um modo de você me recompensar por não ter me dito mais cedo que carregava meu filho quando deixou o banco.

Darcy irritou-se.

– Quando fui *forçada* a deixar o banco, quer dizer?

Imperturbável, os constantes olhos negros sustentaram seu olhar.

– Esta é uma conversa para mais tarde... Não para agora. No que diz respeito ao que precisa pagar, tenho uma solução. Quero que você substitua Farrida, concordando em se tornar minha esposa.

– *O quê?* Você não pode estar falando sério.

Aliviando-a do copo de água, ele o colocou em uma prateleira próxima. Quando se virou, um músculo pulsava, denunciando-o, na lateral de seu maxilar.

– Uma noiva conveniente é tudo o que se espera de mim. Além disso, *você* tem uma coisa importante ao seu favor, Darcy. Parece que já me deu o tão esperado herdeiro.

Rezando para conseguir permanecer calma, embora seu coração parecesse prestes a explodir, Darcy disse:

– *Realmente* acha que eu me casaria com você depois do que houve entre nós? Nosso relacionamento não funcionou porque não confiou em mim, Zafir. Em vez disso, acreditou nas mentiras desprezíveis que seu irmão lhe contou e não viu que aquele incidente doentio em seu escritório não foi nada além de uma armação para me desacreditar. Sequer me deu a chance de lhe dizer como ele tornou as coisas difíceis no trabalho para mim. Simplesmente escolheu acreditar que eu era infiel! – Inspirando fundo para se recompor, ela continuou: – Xavier vinha me assediando há meses, até o dia em que aquilo aconteceu. Ele estava ficando mais e mais frustrado por minha falta de interesse e queria se vingar de mim por isso.

Naquele momento, o fardo de abandono e luto que ela carregara por todos aqueles anos tornou-se pesado demais. O sentimento era semelhante a ser apanhada em uma tempestade selvagem que a havia encharcado e agora era tarde demais para escapar do afogamento... Tudo o que podia fazer era rezar para que acabasse logo e para que sua vida tornasse a ter algum senso de normalidade.

– Então você me despediu impiedosamente.

– E você espera que eu acredite nisto?

– Eu não minto, especialmente no que diz respeito a algo tão importante quanto isso. Sami é seu filho, Zafir. Você pretende me punir ainda mais do que já fez por lhe contar a verdade sobre isso?

Darcy sabia que o conhecimento de que tinha um filho mudaria *tudo* para ele. Já lhe contara da importância de ter um herdeiro homem em sua cultura.

– Fizemos amor no calor do momento naquela primeira vez e eu tinha acabado de começar a tomar a pílula. Não tive tempo de me proteger apropriadamente e... Se você se lembra... Você também não.

– E não considerou fazer um aborto?

– Eu jamais faria uma coisa dessas.

– Por que não? Não é uma prática comum e aceitável no Ocidente, quando as pessoas se divertem e não quererem pagar por isso?

Ela sorriu.

– Aceitável ou não, acredito que nenhuma mulher toma essa decisão com facilidade. E, pessoalmente, acho que a vida é preciosa demais para ser destruída.

Franzindo a testa, ele disse:

– Concordo, porém mais uma vez me contou uma história duvidosa. É bem provável que eu não tenha sido o *único* homem com quem teve intimidade. Esqueceu-se de que houve rumores envolvendo você e outros homens no banco. Isso sem falar sobre a história com meu irmão.

– E você se incomodou em checar alguma dessas alegações? E mais, Xavier mente tão fácil quanto respira, e não deveria acreditar prontamente nele.

– Basta!

Dando um passo na direção dela em um momento de fúria, Zafir fechou o punho. A expressão dele era feroz, e Darcy podia dizer que realmente o irritara.

Naqueles poucos segundos eletrizantes, desejou morrer. Nenhuma mulher poderia enfrentar o que ela enfrentara e depois esperar que as coisas de algum modo mudassem para melhor em um passe de mágica... Poderia?

Zafir pareceu se controlar.

– Qualquer que seja o resultado deste encontro, você pode ter certeza de uma coisa... – disse ele, em tom de ameaça.

Mas Zafir não foi capaz de terminar o que quer que estivesse prestes a dizer, e que ela pressentiu que não era bom, porque no mesmo segundo em que ele ia partir o coração dela mais uma vez, ouviu-se o som de uma chave na porta e o som de uma risada infantil.

Sua família tinha voltado.

– Minha mãe e Sami estão aqui.

– O quê?

Agora era a vez de Darcy *deixá-lo esperando*. Ansiosa, ela virou a cadeira de rodas na direção da porta da sala de estar. Bem quando a alcançou, sua família entrou.

– Mamãe, você voltou! Está se sentindo melhor agora?

– Muito melhor, querido, ainda mais por ver *você*.

Carinhosamente Darcy tomou o garotinho de cachos louros escuros e grandes olhos castanhos nos braços, beijou seu cabelo, inalou seu aroma amadeirado familiar e se esqueceu de Zafir por alguns instantes. Estava tudo bem em sua vida porque seu filho estava lá.

– A vovó me comprou uma bola de futebol nova, mamãe. É do meu time, o Chelsea. – Ele levantou a sacola brilhante que segurava para que ela visse.

Cheio de excitação, ele olhou por cima do ombro da mãe e só então viu Zafir. Seu corpinho magro ficou rígido. O físico e a atitude impressionantes do homem podiam ser vistos como intimidantes por *qualquer um*, mas para um garotinho com uma cabeça cheia de aventuras – a maioria envolvendo piratas sedentos de sangue e guerreiros com espadas e escudos – Zafir parecia nada menos do que *incrível*.

Afastando-se um pouco, Sami perguntou:

– Quem é *você*?

Darcy manobrou a cadeira de rodas para que pudesse ver a expressão no rosto de seu ex-amante quando ele respondesse. Ela mal ousava respirar.

Ao mesmo tempo, compreensivelmente ansiosa para saber o que estava acontecendo, sua mãe, Patricia, inclinou-se na direção dela e sussurrou:

– Você está bem, amor? Não vi uma ambulância do lado de fora. Como chegou em casa?

Ainda não tendo contado a história completa de seu acidente, Darcy murmurou baixinho:

– Esse cavalheiro me trouxe. Eu trabalhava para ele. Nós... Nós nos reencontramos e ele gentilmente me trouxe de volta do hospital.

Esperava que aquela explicação bastasse por agora. Mas quando pousou o olhar em Zafir não pôde deixar de ficar ansiosa esperando o ele diria a seguir.

Pegando-a de surpresa, ele se agachou, o olhar ficando evidentemente mais caloroso quando se dirigiu ao garotinho.

– Seu nome é Sami?

Não era difícil de ver que Sami estava fascinado por ele.

– Sim.

– É um bom nome e cai muito bem em você.

– É o nome do meio do meu pai, e do meu avô também, mas eu nunca os conheci.

– Tenho certeza que você deixaria os dois muito orgulhosos se eles o conhecessem.

Com seu amado pai agora morto, não era possível que tal encontro pudesse acontecer, e Zafir sentiu uma nova pontada de dor pelo homem que não tinha sido apenas um pai sábio e amigo, mas seu mentor, também. "Um rei entre os reis", sua mãe com frequência declarava, ao falar dele.

Os membros de Zafir pareciam de repente feitos de chumbo. Mudo, ele teve uma sensação perturbadora de estar no sonho mais fantástico, no qual nada mais era real. Olhou para o garoto. Será que poderia ser seu filho? Uma onda de sensações o apanhou. Depois de uma dúvida inicial, a esperança feroz brotava em seu peito. Era um sentimento da mais incrível *alegria*... O tipo de alegria que talvez visitasse a pessoa apenas uma vez durante a vida e só se ela tivesse sorte.

Enquanto estudava o menino mais de perto, seu coração deve ter pulado meia dúzia de vezes. Era verdade? Zafir não podia negar que via semelhanças entre eles. Embora o cabelo da criança fosse quase tão claro quanto manteiga recém-batida, aqueles profundos olhos castanhos amendoados, o nariz aquilino arrebitado e os lábios cheios poderiam ter sido esculpidos pela mesma mão divina que criara seus próprios traços. Acrescentando a isso a amabilidade etérea de sua mãe, o garoto era excepcionalmente bonito... Atraente, de fato.

Aquilo o trouxe de volta à mulher em questão. Ver Darcy de novo foi um choque para o qual nada na Terra poderia tê-lo preparado, e ele ainda sentia um pouco de tontura perto dela. Contemplar a revelação de que seu caso breve e apaixonado gerara uma criança era surpreendente. As implicações eram enormes, se fossem verdadeiras.

Mesmo então, na superfície de sua mente queimava uma pergunta: *por que* ela não havia descoberto uma maneira de fazer as notícias chegarem a ele quando soubera que estava grávida? Darcy afirmava ter deixado mensagens. Mas Zafir nunca recebera nenhuma delas.

O coração dele se apertou. Depois de ter sido friamente rejeitada por ele e demitida de seu emprego, não confiava mais nele. E por que deveria, quando Zafir acreditara na versão de Xavier sobre tudo o que acontecera?

Agora, não pela primeira vez, ele se sentiu péssimo com o pensamento de que poderia ter cometido um engano terrível ao acusar Darcy. Mas tão logo a noção entrou em sua cabeça, soube que não seria prudente tirar conclusões.

Dessa vez, ele se forçaria a cometer uma abordagem mais comedida para descobrir a verdade. E, para isso, insistiria em fazer um teste de paternidade. Se no fim fosse o pai do filho dela, então e *somente* então, faria o reconhecimento oficial e assumiria a completa responsabilidade. Mas por agora, não permitiria que os sentimentos pessoais prevalecessem, ainda que seu coração tivesse saltado com alegria ante a ideia de que poderia finalmente ter um filho e herdeiro.

Como uma mariposa que sabe que vai se queimar na chama à qual não pode resistir, mais uma vez Zafir se viu atraído por Darcy. Ele se levantou. Ainda que ela parecesse abatida após o acidente, sua beleza era radiante. A cor dos olhos dela era similar à de um topázio de um raro azul, e eles o encantavam, como diamantes, enquanto sua boca bonita o fazia relembrar com desejo como era tocar seus lábios com os dele. Nunca havia sentido um prazer como aquele.

A primeira vez em que a encontrara, havia instantaneamente pensado que Darcy era a criatura mais cativante que já vira, e a comparara à estonteante princesa de cabelo longo de uma das velhas lendas árabes que ouvira de sua babá quando criança. A lenda dizia que quando essa princesa capturasse um homem com seu olhar, o olhar e a alma dele seriam dedicados a ela para sempre.

Como se estivesse subitamente ciente de que aquele silêncio entre eles havia se estendido demais, Darcy virou-se para a atraente mulher mais velha ao seu lado e a chamou. Zafir já havia deduzido que ela deveria ser a mãe dela. O cabelo louro tingido deveria ter tido um dia o mesmo tom dourado do da filha, imaginou ele.

Em um tom determinado, Darcy anunciou:

– A propósito, mãe, eu não os apresentei. Esse é Sua Alteza Real, o sheik Zafir el-Kalil de Zachariah. – Ela lhe lançou um olhar que não o deixou com dúvidas de que estava com a guarda erguida.

Zafir sentiu um impacto no peito, como se tivesse levado um soco, quando se lembrou de seu instinto de urgência para atacar quando ela havia acusado seu irmão de ser um mentiroso. Sendo de sangue quente ou não, ele quebrara o próprio código restrito de conduta ao reagir assim. Como Alá era seu juiz, ele preferiria cortar a mão a ferir um único fio de cabelo de sua cabeça.

– E essa é minha mãe, Patricia Carrick, Vossa Alteza.

– Estou honrado em conhecê-la, sra. Carrick. – Tendo sido criado para sempre respeitar os idosos, no meio de sua agitação, ele de algum modo encontrou um sorriso.

– E esse é um privilégio que *eu* jamais esperei ter, Vossa Alteza. – A mãe não pôde evitar fazer uma pequena reverência estranha que fez a filha ruborizar.

A mãe estava paralisada pela atenção daquele homem.

Mas então, qual fêmea *não estaria*, não importando a idade?, resmungou Darcy para si mesma.

– Sei que Darcy trabalhou uma época para um banco árabe cujos proprietários tinham uma linhagem real há algum tempo... Na verdade, poucos meses antes de ela ter Sami.

Foi como se Patricia tivesse puxado o pino de uma granada de mão, e a sala ficou sobrenaturalmente quieta. Lembrando a si mesma da razão pela qual Zafir a trouxera para casa do hospital, Darcy, muda, fixou o olhar na bandagem branca enrolada em volta de seu tornozelo.

Será que a mãe ainda não somara dois e dois? Se ainda não tinha feito isso, era só questão de tempo.

Sabendo que a última coisa que desejava era um confronto, Darcy procurou mudar de assunto. Erguendo a mão para conter um falso bocejo, disse:

– Sinto muito, mamãe, mas estou me sentindo muito cansada, e tenho certeza de que o sheik precisa partir. Tem sido um verdadeiro suplício. Acho que vou me deitar, se você puder olhar Sami?

– Claro, querida. Por que não me deixa levá-lo para cima enquanto se despede de Sua Alteza? Então você pode tirar um cochilo.

– Obrigada.

– Foi uma honra conhecê-la, sra. Carrick.

– Igualmente, Vossa Alteza.

Zafir, então, tocou no ombro de Sami e lhe deu um sorriso caloroso que fez o coração de sua mãe parar.

– Foi uma alegria e um prazer conhecê-lo, Sami – disse Zafir. – Espero que possamos nos ver novamente em breve.

– Legal! – respondeu Sami, com o sorriso feliz que normalmente reservava para seu melhor amigo, Ben, na escola.

Darcy pensou que seu filho não cedia sua confiança facilmente. Será que algum instinto profundo já o fizera se conectar com o homem que era seu pai?

Mordendo o lábio, ela o observou correr até a escadaria, seguido mais lentamente por sua avó. Em alguns momentos, ouviu passos animados em seu quarto. Sem dúvida, ele estava feliz às voltas com seus brinquedos.

CAPÍTULO 4

HOUVE UMA movimentação atrás dela e Darcy viu que Zafir se adiantara até as portas envidraçadas para observar o pequeno jardim que ela e a mãe mantinham. Ele devia achá-lo ridículo se comparado à sua enorme propriedade. Se não fosse pelo tornozelo ferido, Darcy dificilmente acreditaria que ousara escalar o muro do jardim dele. Mas "os fins justificam os meios", pensou. Encarar o *pior* dos demônios não a assustaria, se aquilo ajudasse a garantir o bem-estar e a segurança de seu filho.

– Você já pode ir embora – disse ela, e aquilo soou duro mesmo para os próprios ouvidos.

– Ah, não posso, não – alegou ele, virando-se para observá-la. Houve um lampejo de aço em seus olhos. – Ainda há algumas coisas que precisamos discutir.

– Pensei que havíamos abordado a maior parte dos assuntos.

– Não brinque comigo. Quero uma resposta direta. Fui seu *único* amante na época, Darcy?

A pele dela formigou de indignação.

– Já me acusou uma vez antes de dormir com outros homens porque deu ouvidos à fofoca do escritório. Foi uma mentira desprezível então e ainda é. Acha que eu gostaria de encontrá-lo de novo, a não ser por uma ótima razão? Você me magoou muito, Zafir, e é incrível que eu ainda consiga erguer a cabeça. A única razão pela qual quis manter contato com você foi por causa de Sami.

– Disse que tentou me contatar, mas o *quanto* você tentou?

Mais uma vez, ele esfregou sal em suas feridas, com o descrédito que ecoava em sua voz. Será que a fé e a confiança que ele costumava ter em sua habilidade de fazer bons julgamentos tinha sido tão afetada pelas mentiras de Xavier?

Desconsolada, Darcy balançou a cabeça.

– Só a pessoa que recebeu minhas ligações e lida com seus recados pode lhe dizer isso.

– Está me dizendo que a culpa é de minha secretária particular?

Darcy encolheu-se, porque esse costumava ser *seu* trabalho.

– Posso apenas presumir que sim, ou talvez alguém que obedecesse às ordens dela.

Darcy viu-o engolir em seco.

– Não se engane. Vou fazer minhas próprias investigações a esse respeito.

– Eu não devia ter deixado nosso relacionamento se tornar tão pessoal quando trabalhei para você, não importando o quanto meus sentimentos fossem fortes na época. Mas não posso me arrepender, porque isso me deu meu filho. Ele é a única coisa boa que veio daquele único episódio lamentável. Agora, tudo o que quero é que tenhamos paz e que nossas vidas retornem ao normal.

– Então deixe-me dizer *uma coisa*.

Ele foi até ela como um raio e, com um farfalhar do traje luxuoso que usava sobre jeans preto e botas curtas de couro, ajoelhou-se à sua frente, uma das mãos possessivamente prendendo a dela, descansando no braço da cadeira de rodas. Seu toque era como uma doce tortura, e Darcy ofegou.

– A primeira coisa que vai acontecer amanhã é que vou fazer um teste de paternidade em Sami. Se ficar provado que sou mesmo seu pai, então rapidamente farei o que é certo para ele.

– O que quer dizer?

– Quero dizer que informarei à minha família que gerei um filho e herdeiro e, por isso, retornarei a Zachariah para apresentá-lo.

– Espere um minuto. Você honestamente acha que vou deixá-lo sair do país com ele? Deixe-me relembrar que ele é *meu* filho também, Zafir. Fui eu quem o criou todos esses anos, não você.

– E de quem é a culpa, *habibi*? – Apertando com mais força a mão dela, puxou-a para si. – Você disse que tentou me contatar... e vou descobrir se isso é verdade. De qualquer forma, não tinha ideia de que teve um filho meu. Se o teste de paternidade provar que ele é sangue do meu sangue, deve entender que algumas coisas vão mudar.

– Está me *ameaçando*? – Chocada com a veemência dele, Darcy ficou gelada. – Há leis neste país que...

Mas não teve a oportunidade de dizer mais nada, porque, subitamente, as mãos dele estavam firmemente agarrando-a pela cintura e puxando-a para si. No instante seguinte, Zafir esmagava seus lábios contra os dela. Era um beijo apaixonado e agressivo, cheio de fúria e intenso desejo.

Sentiu-se como da primeira vez em que ficaram juntos: a fusão inflamada que os havia conduzido para a cama tinha sido forte e carregada, mas mesmo então, Darcy só sucumbira porque se apaixonara.

O ato de amor dos dois havia culminado em uma gravidez dela e Darcy jamais pensara em desistir do bebê, porque de alguma forma sempre soubera que era seu *destino* ter o filho de Zafir.

Só que, até agora, nunca experimentara o gosto da raiva castigando-a nos lábios dele. Sabia que devia suprimir o desejo e de algum modo achar força para afastá-lo. Não deveria esquecer-se de que esse homem a traíra quando escolhera acreditar nas mentiras de Xavier e que havia custado a ela muito mais que só a perda de seu emprego. Como poderia acreditar nele novamente?

Com os olhos brilhando de lágrimas e sem fôlego, Darcy encarou aquele rosto impressionante e, por um momento, teve certeza da decisão de se conter. Não havia o menor traço de remorso na expressão dele. Na verdade, Zafir parecia furioso por ela ter abreviado o abraço. Com um cuidado obviamente menor do que demonstrara antes, empurrou-a de volta para a cadeira de rodas.

– Você não vai mais ter tudo à sua maneira, Darcy. Agora que estou de volta à sua vida as coisas definitivamente vão mudar. Vou apanhar você e a criança amanhã de manhã para ir à clínica. Nesse meio-tempo, deve descansar o quanto puder e recuperar suas forças. Não tranque a porta quando eu sair, vou trazer suas muletas do carro.

– Está se comportando como se já soubesse o resultado do teste. Você certamente não teria todo esse incômodo se suspeitasse por um segundo que *não é* o pai de Sami... Que ele é de outra pessoa.

– Sou um alvo fácil para qualquer mulher e, neste caso em particular, quero me certificar completamente de não estar sendo enganado. No meu país, sabe o quanto é vital para os regentes terem filhos? Somos um reino rico, porém pequeno, e se não procriarmos, correremos o risco de sermos invadidos por tribos maiores de reinos vizinhos.

Dito isso, deixou a casa dela. A enormidade da situação atingiu Darcy como uma onda furiosa e ela estremeceu.

Se alguém tivesse dito que um dia Zafir voltaria à sua vida e quereria assumir o filho, ela honestamente consideraria essa pessoa maluca.

Tocando a carne inchada e macia de seus lábios com a ponta dos dedos, incerta, ela suspirou. Ainda que soubesse que a visita dele não era uma fantasia – aquilo tudo era incrivelmente *real* –, sentia-se em um sonho. De volta, Zafir apoiou as muletas ao lado do sofá.

Toda vez que era confrontada com a visão dele, a despeito de sua desconfiança óbvia e da dor que ele lhe causara, Darcy enchia-se de esperança pensando que ainda que ele não pudesse se apaixonar por ela de novo, talvez pudesse ser um bom pai.

– Vou deixá-las aqui, encostadas sofá, para que possa alcançá-las quando precisar se levantar.

– Obrigada.

– Por algum tempo, não vai poder fazer as coisas sozinha. Estou pensando em contratar uma enfermeira para você.

Uma sensação de que as coisas estavam se transformando em uma vida distinta da dela e se afastando de si deu arrepios em Darcy. Ela precisava ressaltar para ele o fato de que ainda tinha uma mente própria.

Colocando firmeza em seu tom de voz, ela respondeu:

– Não será necessário. Minha mãe está comigo, lembra-se?

Zafir fez uma careta.

– Ah, sim, ela mora com você.

– Sim. Ela cuida de Sami para mim quando estou no trabalho e cuidará das coisas até que eu possa me levantar de novo.

– E onde, se posso perguntar, você trabalha atualmente?

– Trabalho para uma agência de temporários, em vez de ter apenas um único empregador. Os postos de trabalho são bem variados e gosto disso. Também me dá a flexibilidade que preciso para estar em casa quando Sami está doente.

– Cheia de recursos como sempre, pelo que vejo.

– Preciso ser assim, tenho de ganhar dinheiro para nos manter e pagar o aluguel.

– Você não é a dona desta casa?

– Ah, não! Mamãe e eu a alugamos juntas. Você tem ideia de como seria difícil conseguir um financiamento? – Um rubor quente no rosto a fez saber que sua resposta soara defensiva. – De qualquer maneira, estou realmente cansada agora e preciso repousar. Vejo você pela manhã.

Zafir assentiu.

– Estarei aqui às 9h15 para apanhá-los. Aconselho que descanse esse tornozelo e vá cedo para a cama. Aonde vai dormir esta noite? Aqui no sofá?

– Sim, provavelmente.

– O que quer que faça, não tente subir as escadas. Você pode ficar no sofá, não pode?

Ela não deveria ficar surpresa que, embora viesse de um mundo de privilégios, ele automaticamente considerava a praticidade de sua situação.

– Sim, claro.

– Bom. Então vejo você e a criança amanhã.

Dando uma última olhada para ela, como se para se assegurar que Darcy cumpriria o combinado no dia seguinte, Zafir virou-se e saiu.

Embora a situação não estivesse próxima de ser concluída, o primeiro pensamento de Zafir ao chegar em casa foi que deveria ligar para Farrida e dizer-lhe que o casamento estava cancelado, mas decidiu adiar a chamada, até que tivesse os resultados do teste. Farrida podia esperar.

Naquela noite, para atravessar as horas inevitavelmente tensas de espera, Zafir jogou cartas com Rashid. O homem era um péssimo jogador de cartas, mas não podia ser culpado por falta de entusiasmo. Contudo, era difícil se concentrar no jogo quando sua mente fértil continuava conduzindo-o por caminhos que estava cansado de seguir.

Apesar de a simples ideia de ter um filho ser maravilhosa, o fato de sequer ter sabido da existência dele por mais de quatro anos o machucava tremendamente. A perspectiva de vê-lo de novo era tão indigesta para ela que Darcy havia atrasado a revelação? Ou temera o que ele poderia fazer?

Ele a demitira porque a encontrara nos braços de seu irmão no escritório, pelo amor de Deus! A evidência contra ela dificilmente poderia ser pior.

Ainda assim, incomodava-o a ideia de que poderia ter errado. Por quê? Porque havia se tornado cada dia mais claro que Xavier tinha uma predileção preocupante por se enfiar em relacionamentos desastrosos e, um ano depois da partida de Darcy, Zafir descobrira que ele mantinha um relacionamento íntimo com uma das secretárias casadas do banco, mesmo depois de ter sido avisado de que qualquer comportamento comprometedor não seria tolerado, em absoluto.

Zafir ordenara que ele fosse imediatamente a Zachariah, como punição, dizendo-lhe para não voltar até que pudesse provar que havia mudado para melhor. Não permitiria que o bom nome da família fosse arrastado na lama. Em sua opinião, Xavier fora mimado demais enquanto crescia e esse era o resultado. Agora, Xavier precisava se tornar um homem que trouxesse orgulho à família, antes de *pensar* em reclamar a generosa herança deixada pelo pai.

PONTUALMENTE ÀS 9h15 do dia seguinte, seu carro luxuoso chegou para apanhar Darcy e o filho. Ela claramente insistiu em usar as muletas e Sami andou ao lado dela, protegendo-a, até o carro.

Zafir sentiu muito orgulho por ver o garoto se comportar como um verdadeiro cavalheiro com tão pouca idade. Alguns poderiam dizer que era *o sangue real despontando*, pensou ele, sorrindo. Mas ainda que estivesse encantado pelo menino, era Darcy que seu olhar procurava.

Ela usava uma saia simples azul-marinho, com um casaco combinando. A saia de comprimento médio mostrava pernas e joelhos bem formados e panturrilhas perfeitas, mas foi o cabelo dela, preso em um rabo de cavalo, que quase fez parar seu coração.

Ao chegarem à clínica, foram recebidos por uma enfermeira que os levou à suíte na qual os testes seriam conduzidos. Durante todo o tempo, Zafir comportou-se de forma protetora com Darcy e Sami, como se já tivesse reconhecido que era o chefe da família.

– Você acha que isto vai demorar muito? – perguntou ela, parando por um momento, como se para descansar do esforço de usar as muletas.

– Por quê? É demais para você aguentar? Posso carregá-la até a sala de exames, se quiser.

– Não. Ficarei bem.

– Está nervosa com o resultado do teste?

– Com o que preciso ficar nervosa? Sempre soube a verdade, desde o primeiro dia. É *você* que suspeita que posso estar mentindo.

Zafir olhou para Sami. A última coisa que desejava era que a criança o temesse, caso sentisse que havia tensão entre ele e a mãe. Se o teste revelasse o que o seu coração desejava, seu maior desejo era começar a construir um bom relacionamento com o menino, o tipo de relacionamento amoroso e mutuamente respeitoso que Zafir tivera com seu pai.

Um jovem médico se apresentou e tirou amostras de DNA, esfregando o interior de suas bochechas com hastes de algodão, imediatamente colocadas em um recipiente, seladas e etiquetadas com os nomes deles.

– Tudo pronto, senhores. Em 12 horas receberão o resultado. Pode me ligar neste número às 22h, Vossa Alteza.

Apanhando um pequeno cartão branco em seu bolso, entregou-o a Zafir.

– Há alguma outra questão?

Zafir queria perguntar-lhe como conseguiriam passar por aquelas 12 horas e não sucumbir à tensão mais insuportável?

Como se lesse a mente dele, o médico disse:

– Vou interpretar como um não. Como provavelmente sabem, o Hyde Park não fica muito longe daqui, se quiserem dar um passeio. Há um bom café lá, onde podem comer e beber alguma coisa. Também podem alimentar os patos que nadam no lago. Tem uma cadeira de rodas, srta. Carrick?

– Sua... Sua Alteza tem uma no carro para mim.

– Bom. Então sugiro que aproveitem o dia e tentem não se preocupar.

COM SAMI alegremente segurando sua mão enquanto conduzia a cadeira de rodas empurrada por Zafir, e Rashid obedientemente seguindo-os a pouca distância, Darcy começou a relaxar um pouco.

A ideia do médico de ir ao parque foi boa. Não havia nada como uma boa dose de ar fresco, a vista e o aroma de grama recém-regada, e todos aqueles carvalhos ingleses para ajudar a elevar os espíritos, pensou ela. Acrescente a isso seu lindo filhinho, pulando alegremente à sua frente, e seu igualmente belo pai conduzindo-a, naquelas poucas horas preciosas antes que seu futuro fosse decidido. Darcy sabia que dificilmente poderia ter desejado mais.

Foram em direção ao grande lago brilhante sob a luz do sol da tarde e Sami se adiantou, correndo, quando viu o pequeno bando de patos convergindo na superfície.

– Mamãe, há *montes* de patos aqui! – gritou ele, animado.

Zafir gritou de volta:

– Não chegue muito perto da água, Sami. Espere por mim e por sua mãe.

– Tudo bem... Mas eu só quero falar com eles, Vossa Alteza!

Em resposta, Zafir jogou a cabeça para trás e riu com todo o coração. O som deu arrepios em Darcy, pois era tão alegre. Ela se virou na cadeira para olhar para ele.

– O que é tão engraçado?

– Ele é tão educado e tem tão boas maneiras. Você realmente fez um bom trabalho. Quem disse a ele para me chamar de *Vossa Alteza*? Você?

Devolvendo o sorriso, ela mostrou as covinhas.

– Não. Acho que foi minha mãe, ou foi isso ou ele a ouviu se referindo a você assim.

– Como eu disse, fez um ótimo trabalho, Darcy.

Por um longo momento, ela se permitiu aquecer-se sob o olhar dele, e quase se esqueceu de que houvera qualquer desacordo entre os dois. Mas mesmo então sabia que não deveria esperar demais. Tantas coisas ainda não haviam sido resolvidas.

Bem quando chegaram à margem do lago e viram Sami conversando alegremente com os patos, viram um casal mais velho, em forma e ágil, com a pele bronzeada cor de mogno, adiantando-se propositadamente na direção dele.

A mulher gritou.

– Aquele é seu garotinho? Acho que deve ser. Dá para ver onde ele herdou a boa aparência. Ele é uma mistura de vocês dois, se não se importam que eu diga isto. A propósito, é uma vestimenta magnífica que está usando, senhor. Faz parte de alguma peça? – perguntou ela, curiosamente, encarando Zafir.

Depois de um olhar irônico primeiro na direção de Darcy, Zafir encarou a velha senhora e respondeu:

– Temo ter sido descoberto. Deveria ter me trocado quando os ensaios terminaram, mas meu filho estava ansioso para alimentar os patos.

– Ah, entendo. Você se importa se eu tirar uma foto sua?

Esperando que Zafir fosse se negar a fazer isso, Darcy ficou encantada quando ele concordou.

– Por que não tira uma de todos nós? – sugeriu Zafir, colocando-se ao lado dela, com a mão protetora em seu ombro e, ao mesmo tempo, gritando para Sami vir se juntar a eles.

Uma foto se transformou em várias até que, satisfeito, o casal de americanos se despedisse. Então, Sami declarou que estava com fome.

– Devemos ir ao café e comer um sanduíche. Podemos comprar um pouco de pão para alimentar os patos – sugeriu Zafir.

– Podemos pedir bolo, também?

– Mas é claro.

– Legal. – Com um sorriso deliciado, o garotinho correu para o lado de Zafir e colocou a mão dentro da mão dele, como se aquilo fosse a coisa mais natural do mundo. Na verdade, como se tivesse feito aquilo a vida toda.

CAPÍTULO 5

SAMI ADORMECEU no carro e, com um braço protetor à sua volta, Darcy também pegou no sono. Uma sensação inegável de "certeza" preencheu Zafir enquanto ele observava mãe e filho, e quanto mais olhava, mais o sentimento crescia.

Apenas a primeira vez em que tinha colocado os olhos em Darcy, com seus estonteantes olhos azuis, ela se igualava em importância ao que estava acontecendo. Era algo que ele não podia controlar. Algo que poderia possivelmente mudar sua vida.

Zafir sempre fora, por natureza, faminto demais para se acomodar com o que julgava como as aspirações "ordinárias" dos outros. Mas pertencer a uma linhagem real significava que em algum ponto da linha era essencial que se casasse e tivesse filhos. Aquilo reaparecia em sua mente de tempos em tempos e sua mãe regularmente entrava em contato para lhe relembrar disso e de seu acordo com Farrida. Mas ela era a *última* mulher em quem ele queria pensar agora...

Ainda havia ímpeto suficiente nele para tentar fazer a diferença na vida dos menos afortunados, e Zafir continuaria a fazer isso da forma que pudesse, mas ter uma relação amorosa e a alegria de uma família própria subitamente se tornara a prioridade em seu coração. Será que tinha sido seu reencontro com Darcy que tornara aquela ideia tão urgente?

Zafir nunca se esquecera do caso de amor deles e jamais o superara. Aquele período da vida havia sido incrível e, por um momento, tinha alegremente se perdido em seus sentimentos por ela. Se o *houvesse* traído com seu irmão, como acreditara, não seria capaz de perdoá-la facilmente. Ainda assim, não podia negar que estava desesperado para descobrir se Sami *era* seu filho.

O momento em que receberia o resultado da clínica não poderia chegar rápido o bastante.

De repente, Darcy bocejou e se ajeitou. Algumas mechas de seu cabelo sedoso, que haviam se soltado do rabo de cavalo, pareciam refletir a luz elétrica em flashes, conforme a luz do sol se apagava.

– Estamos perto de casa?

Por um momento, aqueles olhos azuis incomparáveis, destacados por cílios dourado-escuros, deixaram-no paralisado. Era como olhar dentro do lago mais extraordinário. O apelo encantador que o hipnotizara desde o início não havia diminuído nem um pouco. De fato, Zafir estava ainda mais fascinado.

Abandonando o transe no qual quase entrara, ele inspirou com força para se recompor.

– Estamos nos aproximando de sua casa... Olhe.

– Que alívio.

– Você deve estar cansada. Deixe-me ajudá-la.

– Ajudaria mais se você pudesse carregar Sami.

– Com prazer.

Quando chegaram à sala de estar, encontraram a mãe de Darcy esperando. Quando viu Zafir, ela deu um sorriso diferente, mas no mesmo instante tirou o sonolento Sami dos braços dele.

– Provavelmente Sami teve um pouco de excitação demais para um dia, Vossa Alteza. Darcy me ligou para avisar que vocês iam ao parque. Vou levá-lo para o quarto e ler um pouco para ele. Se dormir, descerei para fazer uma bela xícara de chá para vocês dois.

O casal ficou em silêncio quando Patricia desapareceu escada acima, mas não foi um silêncio *tranquilo*, de maneira alguma. Os dois se comportavam como se estivessem cansados de falar ou fazer a coisa errada. A situação era um verdadeiro barril de pólvora que poderia explodir a qualquer momento, e ambos sabiam disso.

Mordendo o lábio, Darcy cautelosamente se acomodou no sofá. Sentiu-se grata quando Zafir imediatamente deu um passo à frente para tirar suas muletas e as apoiou em uma cadeira, *mas não tão grata* quando a colônia dele a alcançou, deixando-a zonza. Entre o perfume estonteante dele, a dor persistente em seu tornozelo e um teste de paternidade para provar que o pai de seu filho *era* quem ela sempre afirmara, bem, aquela era o que *qualquer um* poderia chamar de situação estressante, não?

– Não precisa ficar para uma xícara de chá – declarou Darcy, de repente. – Não vamos fingir que isto é algum tipo de reunião entre amigos, quando ambos sabemos que *não é*. Minha mãe só está sendo educada.

– E você, como parece estar claro, não sente a mesma coisa, não é? Sobre a obrigação de ser educada, quero dizer. – Ele cruzou os braços sobre o peito, os olhos negros brilhando cheios de desaprovação.

– Trato os outros com a mesma educação com que sou tratada. Mas isso não significa que preciso agir como se estivesse satisfeita de ver você aqui. Se eu não tivesse caído de seu muro, não estaríamos nem mesmo tendo esta conversa. Em todo esse tempo, nunca se incomodou em descobrir o que houve comigo. Você me tirou de um emprego que eu amava e provavelmente não perdeu um minuto de sono imaginando como fiz para sobreviver. E aposto que jamais imaginou que pudesse ter me engravidado, não é?

Finalmente. Dizer a verdade era libertador. Especialmente porque ela sabia que jamais teria essa chance novamente.

A expressão no impressionante rosto de Zafir era de espanto. Havia um tremor visível em sua mão quando ele a ergueu para afastar uma mecha de cabelo escuro.

– Como estamos no assunto, alguma vez passou pela *sua* mente como eu devo ter me sentido quando a apanhei nos braços do meu irmão?

Uma raiva intensa, como ela nunca sentira, brotou dentro do peito de Darcy.

– Como eu lhe disse na época, e de novo no outro dia, aquilo foi uma armação! Se você tivesse algum sentimento *de verdade* por mim, teria notado. Xavier vinha me assediando há semanas. Quando entrou no escritório bem no momento em que Xavier me agarrou e me beijou, eu soube pelo seu olhar que você não tinha visto o sorrisinho triunfante dele. Nem me deu a chance de contar o meu lado da história. Em vez disso, você me condenou imediatamente. Foi como se o que havia entre nós não significasse *nada*.

O silêncio interminável que se seguiu fez Darcy se sentir como se estivesse andando descalça sobre vidro quebrado... Ela já se sentia como se estivesse sangrando por dentro.

Quando veio, a resposta de Zafir foi surpreendentemente franca.

– Se o que você diz é de fato verdadeiro, eu então sem dúvida paguei o preço de meus atos. Não apenas nunca soube que tinha um filho, como ainda posso ter ferido a mãe dele muito mais do que deveria. Uma mulher com quem aprendi a me importar e a quem aprendi a respeitar. – Ele pareceu ter problemas em continuar por um momento e Darcy prendeu a respiração. – Mas tudo isso ainda é suposição. Você não consegue entender que eu precisava aceitar a palavra de meu irmão e não a sua? Teria enfrentado problemas com minha família se tivessem descoberto que ele estava mentindo. Nossa boa reputação é a base de nosso reino e isso teria quase nos destruído. Lembra-se que vi vocês dois com meus próprios olhos, beijando-se apaixonadamente. O que mais eu deveria pensar, além de que você havia descoberto que o preferia a mim?

– Como tem coragem de *sugerir* tal coisa? Você me perguntou que mal teria feito à sua família descobrir que seu irmão Xavier não era o garoto bonzinho que eles sempre pensaram que fosse, que ele havia mentido para se proteger e me comprometido com suas falsas acusações. Mas e o preço que eu paguei por ser ingênua o bastante para acreditar que você me amava, Zafir?

Ele definitivamente corou um pouco sob a pele macia e bronzeada.

– Sei que não parece que eu valorizei a verdade agora, Darcy, mas espero mudar essa opinião. Se ficar provado que eu realmente a julguei mal, então lhe dou minha palavra que farei tudo o que puder para consertar as coisas... Não importando o preço a pagar.

– E contará a verdadeira história para sua família? Que tínhamos um relacionamento? Que você estava confiante, até aquele incidente, que eu nunca o traí? Eu lhe disse desde o começo que não consideraria ficar com você se meus sentimentos não fossem fortes. Não seria provável que depois do que eu disse e da forma como me comportei, que fosse atrás de seu *irmão*? De qualquer modo, foi crueldade da parte dele não apenas garantir que eu perdesse meu emprego, mas de pintar um quadro tão terrível de mim. Um quadro que fez parecer que eu não tinha moral alguma.

Os lábios de Zafir se apertaram e sua expressão era de dor.

– Lamento muito se ele fez isso. Falarei com ele sobre o que houve e o lembrarei do que ele me disse na época. Então eu lhe darei a oportunidade de pensar nas acusações que fez e tenha certeza de que ele vai me dizer a verdade. Por sorte, está casado agora e parece feliz. Só rezo que sua boa sorte o guie e o ajude para fazer o que é certo.

– E se não o ajudar?

– Então decidirei o que fazer a seguir.

Naquele momento, Zafir não apenas parecia atormentado, mas cansado também.

Darcy de repente se deu conta de que deveria ser enorme o fardo carregado pelo chefe de uma família como a dele, não importando o quanto fosse admirado ou influente. Ele precisava lançar mão de muita sabedoria para lidar com tantas personalidades diferentes, perceber o que realmente estava acontecendo em cada disputa ou desentendimento e agir de acordo. E isso não evitava que os membros da família agissem puramente em interesse próprio se quisessem.

Darcy descobrira, há muito tempo, que nem todos tinham uma consciência para lhes dizer para fazer o que era certo.

– A propósito, posso perguntar se você está em um relacionamento no momento?

Seu olhar atento se lançou sobre ela como um farol.

– Pensei ter lhe dito isso antes, não? Eu não tenho ninguém em minha vida.

– Isso vai tornar as coisas bem mais fáceis.

– O que quer dizer? Você não está noivo? Ou se esqueceu disso?

– No que me diz respeito, eu lhe contarei meus planos quando tiver os resultados do teste. Mas tenha certeza de que farei o que é certo.

Darcy mordeu o lábio.

– Certo para *quem*, exatamente?

– Basta. – Zafir não podia esconder sua irritação crescente. – Falarei com você mais tarde, quando tiver notícias da clínica. Agora preciso passar algum tempo sozinho e, sendo assim, acho que é hora de partir. Ligue-me se precisar de alguma coisa, mas sua maior prioridade deveria ser descansar e se recuperar.

Dito isso, ele se despediu e se foi.

O som da porta se fechando foi como o barulho de um portão de ferro se fechando em seu coração. Zafir ainda alimentava a crença que ela estava mentindo? Seu irmão havia soado tão convincente naquele dia, usando todos os truques possíveis para fazer Zafir acreditar que era sincero, colocando impiedosamente o relacionamento familiar para fazê-lo duvidar do próprio julgamento.

Encostando-se às almofadas do sofá, Darcy fechou os olhos com força e tentou afastar a memória daquele dia terrível de sua mente. Ela havia se sentido tão sozinha... Sozinha e sem valor. E se isso tinha acontecido porque Zafir não a defendera, escolhendo acreditar na versão de seu irmão, então ficaria solteira pelo resto da vida. Seria bem melhor do que se arriscar a passar por outra situação desmoralizante. Mas, ainda assim, não pôde conter o profundo pesar de que ela e Zafir não tivessem sido capazes de consertar as coisas entre eles, poupando-se da dor desnecessária que os atingira.

QUANDO O telefone tocou naquela noite, logo após as 22h, Zafir quase pulou para atendê-lo. Qualquer um que o tivesse visto agindo daquela forma dificilmente o descreveria como uma pessoa fria, calma e composta.

Tendo abandonado seu visual formal de sempre por um mais casual, vestindo camiseta preta e jeans, Zafir estava deitado no sofá, tentando concentrar sua atenção dispersa em um livro sobre a história dos faraós, mesmo sabendo que era completamente inútil. Tudo em que tinha sido capaz de pensar – tudo em que *desejara* pensar – era em Darcy e naquela criança de cabelo dourado que poderia ser *sua*.

– Falo com Sua Alteza, o sheik Zafir el-Kalil? – perguntou uma voz britânica muito circunspecta.

– Correto.

– Bem, senhor, entro em contato para falar a respeito do teste de paternidade feito na clínica nesta manhã. Tenho os resultados agora para o senhor.

– E então? – perguntou Zafir, sentindo o suor brotar em sua testa e seu coração clamar, mesmo que ele inabalavelmente infundisse sua voz com autoridade.

– O teste prova que o DNA da criança é compatível com o seu, Vossa Alteza. O senhor é, de fato, o pai do menino Sami Carrick.

– Alá seja louvado! O garoto é meu!

Instantaneamente possessivo, ele não teve reservas em demonstrar a alegria e gratificação com a notícia.

Tenho um filho... Tenho um filho...

O coração dele nunca tinha batido com tanta força. Zafir já fazia planos quanto ao que deveria providenciar primeiro. Saber que era pai parecia a coisa mais incrível que já lhe acontecera. Mas também havia um aspecto menos desejável acerca daquela situação. Ela o fazia relembrar que abandonara impiedosamente a mãe de seu filho quando Darcy, sem dúvida alguma, mais precisara dele.

Aquele único pensamento era como uma cimitarra afiada afundando-se em seu peito, e o impacto estava além da imaginação.

– Há alguma outra coisa que eu possa fazer pelo senhor? – perguntou a pessoa do outro lado da linha.

Olhando em volta, para a mobília luxuosa e de bom gosto na sala elegante que mostrava seu status, Zafir não pôde pensar muito em nada que não fosse relacionado à incrível revelação que acabara de ter.

Tonto, balançou a cabeça.

– Não. Nada mais.

– Nesse caso, vou colocar a informação em um envelope e despachá-la para o senhor por um mensageiro o mais rápido possível.

– Esta noite ainda seria bom.

– Vou me esforçar para que seja assim, Vossa Alteza.

O RELUZENTE carro do sheik estacionou bem em frente à casa dela. A propriedade ao lado, como acontecia com várias outras na tranquila rua sem saída, não sugeria muita atividade – nem do lado de dentro, nem de fora. A maioria das luzes já estava apagada, provavelmente por ser domingo. O dia seguinte seria, para todos, o começo de mais uma semana de trabalho.

O motorista de casaco de couro não se mexeu por cinco minutos: Sua Alteza, o sheik, estava pensando.

Ele se perguntava como seria a melhor forma de abordar o assunto para alcançar o resultado que desejava sem qualquer discussão. Se estivesse em Zachariah não haveria questionamentos e Zafir teria qualquer coisa que quisesse, sem discordância alguma. Mas seu status real dificilmente teria grande influência sobre Darcy, ele tinha consciência disso. Ela era uma mulher independente, bem como uma cidadã britânica, e por ter nascido nesse país, tinha direitos inalienáveis que ele não poderia ignorar.

Murmurando um palavrão frustrado, afastou o cabelo do rosto. Naquela noite deliberadamente escolhera deixar Rashid em casa e dirigira ele mesmo até lá, porque precisava de alguma privacidade. Aquela liberdade temporária lhe custara algumas palavras duras de seu guarda-costas, no entanto, e a garantia de que se algo desagradável acontecesse ao sheik, ele não seria responsabilizado.

Por fim, decidindo seguir seus instintos e não gastar mais tempo elaborando um plano, Zafir deixou o carro e caminhou pelo jardim da frente da casa, até tocar a campainha.

Zafir ficou aliviado pelo ruído não ser muito estridente. Era tarde. Esperava que Darcy ainda estivesse dormindo no sofá da sala. Assim, ela não teria muito trabalho para atender a porta.

Usando pijama lilás e um robe combinando, a mulher que dominava seus pensamentos acima de todos os outros abriu a porta. Os olhos azuis, normalmente tão brilhantes, estavam visivelmente sonolentos e seu cabelo cor de milho parecia um pouco bagunçado, e uma profusão de cachos dourados caía em torno dos ombros. Ela se equilibrava em uma única muleta para não se apoiar no tornozelo machucado.

Antes de dizer uma palavra, Zafir a apanhou nos braços e chutou a porta com o salto de sua bota para fechá-la. Ainda sem falar, ele se dirigiu para a sala. Sob a luz baixa de uma única luminária, ele viu que o sofá estava coberto com uma colcha amassada, e sobre a mesinha de centro havia um sanduíche meio comido e o que parecia ser uma caneca com chá que já esfriara.

Ele franziu a testa.

– Esse foi o seu jantar?

– Olá para você também, Vossa Alteza... Não tinha nada melhor para fazer esta noite além de vir aqui, examinar minha comida e me incomodar?

– Você testaria a paciência de um santo, Darcy.

Com o tom de voz exasperado, ele a colocou no sofá tão cuidadosamente quanto seu temperamento permitiu. Não apenas a mulher testaria a paciência de um santo, mas a sensação de suas curvas nos braços dele e o calor naturalmente sedutor de seu corpo faziam com que ele perdesse todo o desejo de conversar e querer se comunicar de um jeito que esclarecia os sentimentos que nutria por ela.

Será que um homem jamais poderia esquecer a mulher que fez seu fôlego se perder e seu sangue se acelerar no momento em que colocara os olhos nela?

– Presumo que você recebeu os resultados da clínica, não foi? – murmurou ela.

– Sim, recebi. – Atravessando a sala até uma poltrona de tecido creme, Zafir abriu o único botão do casaco e se acomodou lá.

– Foi como você disse o tempo todo... Eu sou o pai de Sami.

Trazendo os joelhos até o peito, Darcy passou os braços em volta deles e suspirou baixinho.

– Agora você sabe com certeza que eu não estava mentindo.

O olhar que ela lhe deu era duro e acusador. Foi tão certeiro quanto uma flecha apontada direto para o coração de Zafir, uma flecha que um dia tinha sido quebrada e deixara suas farpas no peito dele. Aquele olhar cheio de dor e magoado ficaria com ele para sempre.

Mais uma vez, uma dor excruciante o preencheu. Ele a abandonara. E não somente a ela, mas o garoto que agora sabia ser seu filho legítimo e herdeiro.

CAPÍTULO 6

INCLINANDO-SE NA poltrona, Zafir pousou as mãos nos joelhos.

– Darcy, à luz dessa revelação, você realmente pode perceber que sua vida e a de Sami vão ter de passar por algumas mudanças extremas, não é?

– O que quer dizer? Vai me levar para o tribunal e me processar pela custódia de Sami? Porque se fizer isso... Se sequer ousar... Eu vou...

– Você vai *o quê*, Darcy?

Já sabendo que teria uma luta nas mãos se fizesse qualquer tipo de reinvindicação pelo garoto, Zafir também entendia que, no fim das contas, a vantagem seria *sua*. Graças à sua fortuna e ao seu status, teria acesso a algumas das melhores mentes jurídicas do mundo para representá-lo em qualquer disputa. Só que separar a criança da mãe nunca tinha sido uma alternativa para ele. Ver Darcy de novo e descobrir que, a despeito dos eventos perturbadores que os separaram, ele ainda se sentia incrivelmente atraído por ela, havia colocado Zafir em um dilema perturbador. Ainda mais porque durante os anos em que estiveram separados, ela dera à luz seu filho.

Como um balão murcho, Darcy se afundou nas almofadas. Cuidadosamente, mexeu um pouco as pernas e Zafir notou que ela estremeceu, como se estivesse com dor.

– Não me faça entrar numa briga com você, Zafir. Eu já passei por coisas demais, não? Posso entender que queira estabelecer um relacionamento com Sami, e vou contar a ele que você é seu pai, mas *não vou* permitir que decida sozinho onde ele deve viver ou como será criado. A felicidade dele significa tudo para mim e, a despeito do que você e sua família possam pensar ao meu respeito, *sei* que sou uma boa mãe.

No silêncio doloroso que se seguiu, Zafir lutou contra a urgência premente de ir até Darcy e tomá-la em seus braços. Ela parecia particularmente frágil essa noite, como se os breves eventos dos últimos dias finalmente a tivessem atingido e feito suas defesas cederem. Mas Zafir decidiu não aumentar a tensão que os cercava impondo-se e fazendo exigências logo de início. Em vez disso, tentaria usar o tato e a diplomacia e lentamente a ajudaria a entender que sua intenção era *melhorar* a vida deles, e não dificultar as coisas.

– Não duvido que seja uma boa mãe, Darcy. E já posso ver o quanto Sami significa para você. Não precisa provar nada para mim quanto a isso. E quanto à minha família, saiba que acatarão qualquer decisão que eu tomar. Quando informá-los que descobri que tenho um filho, todos terão muitos motivos para celebrar. De fato, todo o reino celebrará.

– E quanto ao seu noivado? Acha que sua noiva vai se juntar às celebrações?

Foi difícil manter o ciúme oculto em sua voz. Como seria possível que ela pudesse ter contato com Zafir no futuro, fingir que estava bem e que realmente havia *superado* seu relacionamento? Apesar de não querer admitir, o coração de Darcy ainda estava em carne viva e poderia se estilhaçar em mil pedaços. Será que Zafir pensava que seus sentimentos por ele haviam arrefecido durante o tempo que passaram separados? Será que os sentimentos *dele* por ela já não existiam?

Mas o que Zafir disse a seguir realmente a espantou:

– Estou decidido a terminar o noivado. Como eu lhe disse, nunca houve qualquer compatibilidade amorosa entre nós. Farrida será generosamente recompensada por qualquer desapontamento que possa ter com o término de nosso relacionamento, mas ela sabe o quanto é importante para mim ter um herdeiro. Você não deve se preocupar com esse assunto.

– Realmente acredita nisto, Zafir? – Os olhos azuis de Darcy faiscaram. – No que diz respeito às pessoas de sua vida, sou uma mulher na qual não se deve confiar, lembra-se? A mulher que você demitiu porque pensou que o traía com seu irmão. Acha que vão aceitar a mim e ao meu filho depois de tal história? Ela já deve ter corrido todo o reino. Eu não duvido que pensarão que você perdeu a cabeça por terminar seu noivado e me deixar voltar à sua vida.

– Se alguém expressar qualquer dúvida acerca das decisões que tomei sobre minha vida pessoal, posso garantir que esclarecerei tudo ao voltar. Mas, nesse meio-tempo, não vai ajudar nossa situação se você e eu continuarmos a trazer de volta as dores do passado e a usá-las como armas para nos machucarmos mutuamente. Você acredita de verdade que Sami vai aprender a me aceitar como pai se me enxergar como algum tipo de valentão que só diz à mãe dele o que fazer e parece não se importar com os sentimentos dela?

– Não quero que ele pense assim... É claro que não quero. Mas a verdade é que não tenho ideia *de quais são seus sentimentos por mim*. Por tudo o que nos aconteceu, eu diria que você se importa mais com os sentimentos de todo mundo do que com os meus.

– Bem, está enganada.

– Você acha? Então por que não acreditou em mim quando eu lhe disse que não estava envolvida com Xavier? Que ele, de fato, estava me assediando?

Zafir se permitiu sentir-se mais do que só um pouco desconfortável. A reputação de seu irmão não era a única coisa colocada em dúvida. Ele se lembrou de que os rumores de escritório que falavam sobre a ligação secreta de Darcy com Xavier foram na verdade espalhados por uma das secretárias, Jane Maddox. Zafir se lembrava de que ela parecia ter um ponto fraco por seu irmão e tendia a ter ciúmes de qualquer mulher mais jovem ou mais bonita que pudesse ter uma chance com ele. Será que Jane tinha tentado forjar uma aliança com Xavier, ajudando-o a manter a mentira que ele contara sobre Darcy dar em cima dele?

Muitas vezes, ao longo dos anos, Zafir se perguntara, com algum peso na alma, se não teria se lançado, de forma precipitada, sobre conclusões equivocadas. Se tinha feito isso, agora sabia o quanto lhe custara caro.

– Já passamos por isso. Você *sabe* o motivo – respondeu ele, veemente. – O que eu *deveria* pensar quando te vi aninhada nos braços dele naquele dia? Tem *alguma* ideia do que aquela visão fez comigo? Aquilo me deixou meio louco. Eu fiquei com ciúme, magoado e furioso como nunca em minha vida. Não houve tempo para pensar racionalmente sobre coisa alguma.

– E o relacionamento que tivemos não era forte o bastante para que você confiasse em mim?

– Não disse isso. *Exatamente* por confiar em você implicitamente foi que fiquei devastado pelo que parecia ser uma traição.

– Talvez devesse ter examinado a questão mais profundamente, no lugar de só aceitar o que viu na superfície como sendo a verdade.

Darcy curvou os ombros e a dor em seus olhos revelou a ferida que devorava a alma dele.

Expirando de novo lentamente, Darcy continuou:

– Sei que não é fácil para nenhum de nós esquecer o passado e superá-lo, perdoar e continuar. Mas também fiquei devastada quando não quis ouvir a verdade. Quando começamos, pensei que soubesse quem você era e havia tantas coisas sobre você que eu admirava, particularmente sua lealdade à sua família e aos seus amigos, e o modo como sempre tentava ajudar as pessoas em necessidade. Eu achava que era muito, muito especial, e não apenas por vir da realeza. Eu não ligava para isso. Era na *pessoa* que estava interessada, não em tudo o que o cercava, Zafir. Quando o conheci, pensei que era um homem charmoso, delicado e cheio de consideração, diferente de qualquer outro homem que eu já tivesse conhecido. E me permiti ser *seduzida* por esse homem. Logo comecei a confiar em você e pensei que se sentia do mesmo modo ao meu respeito. No entanto, desde então entendi que cometi um erro enorme.

Ela estava torcendo as mãos e seu olhar gentil parecia cheio de dor.

Aquelas palavras desoladas deixaram Zafir sem fôlego e fizeram seu coração bater rápido demais para que pudesse pensar direito. Subitamente, o impulso de tentar fazê-la mudar de ideia sobre ele, de fazê-la se lembrar do homem por quem um dia se apaixonara, era devastador. Era como uma corrente que ameaçava afogá-lo se Zafir não agisse para se salvar.

Então foi até Darcy e, com mãos gentis mas firmes, colocou-a de pé. Por um longo momento, Zafir olhou dentro dos olhos dela, aqueles olhos azuis incandescentes que normalmente brilhavam como cristal. Mas nessa noite... Essa noite ele viu que estavam banhados em lágrimas...

Um momento antes de os lábios dele tocarem os dela, Zafir murmurou com a voz rouca:

– Você não cometeu um erro, *habibi*... Talvez apenas não fosse a hora certa para nós.

Então sua boca, lenta e deliberadamente, tomou a dela enquanto suas mãos a mantinham firme e seus sentidos eram sufocados pelo delírio intoxicante que só Darcy podia trazer. Como ele havia vivido tanto tempo sem aquela sensação? Zafir desejava tocar o corpo dela novamente, como fizera várias vezes, explorar aquelas curvas incríveis sem se conter, e ficou frustrado por não poder, já que não estavam sozinhos na casa.

Mas enquanto o prazer crescia inexoravelmente dentro do peito de Zafir, Darcy gemia baixo e começava a passar os dedos pelo cabelo dele. Havia um toque de abandono, quase de *desespero* em seu carinho, e ele se lembrou de como amava aquilo nela, o modo como não tentava conter suas emoções quando estavam juntos. Aquilo lhe disse o que ele precisava saber... Que Darcy tinha sentido falta do fogo e da paixão que um dia criaram um no outro tanto quanto Zafir sentira, e não podia evitar de provocar aquilo de novo. Agora, o gosto sublime de seus lábios e de sua língua sedosa excitavam Zafir quase ao ponto da dor. Todas aquelas sensações tão intensas tornavam muito difícil que ele conseguisse resistir a ela. Difícil não querer mais, *muito* mais do que só esse abraço tentador. Mas, infelizmente, sabia que ia ter de terminar a troca de calor entre eles. Se permitisse que aquilo continuasse, seria quase impossível voltar atrás.

Conjurando toda sua força de vontade, Zafir relutantemente afastou seus lábios dos dela. Encarando-a, viu que ela também respirava com dificuldade. Seu rosto estava tão corado e lindo quanto um retrato de Millais, o pintor inglês do século XIX, e mais uma vez seus olhos brilhavam como piscinas iluminadas pelo sol.

– Infelizmente, não é hora nem lugar para isto – disse ele. – Sua mãe e nosso filho estão dormindo lá em cima e você precisa descansar esse tornozelo. Sente-se... Tenho mais uma coisa para dizer antes de ir embora.

Sem protestar, Darcy deixou-o ajudá-la. Mas quando se acomodou ao seu lado na colcha amassada, percebeu que sua desconfiança tinha voltado.

– Uma das coisas que pretendo fazer antes de levá-la para casa para conhecer minha família é me casar com você. – As emoções dele estavam à flor da pele, mas Zafir respirou fundo e continuou: – É uma formalidade necessária para que Sami possa tomar meu nome e ter legalmente minha proteção. Quando voltarmos a Zachariah, faremos as coisas da forma correta e teremos uma cerimônia oficial.

Darcy franziu a testa de modo adorável.

– Eu o ouvi corretamente? Isso foi algum tipo de pedido de casamento?

Zafir sorriu com ironia.

– Admito que foi pouco romântico. Mas às vezes é preciso ser prático, Darcy. Depois, mais tarde... Com tempo e desejo... Um homem pode se redimir de seus muitos erros e demonstrar afeição verdadeira.

– Esta é uma das filosofias do seu país?

Zafir acariciou o rosto dela. Sua pele tinha a mesma textura macia da de uma criança.

Erguendo seu queixo, ele respondeu:

– Não. Só estou dizendo que você não deve se sentir acuada ou em dúvida. E que sei o que uma esposa espera de seu marido.

Afastando-se, Darcy correu a mão trêmula pelo cabelo para ajeitá-lo.

– Como posso me sentir acuada pela sua proposta, quando um pedido de casamento é a *última* coisa que desejo ouvir vindo de você?

– Fui um tolo e não considerei a possibilidade de tê-la deixado grávida quando nos separamos. Confesso que isso me envergonha. E saiba: sempre vai me assombrar o fato de eu não ter pensado nisso, assim como o fato de ter sido obrigada a cuidar de nosso filho sozinha. Quero me redimir. Quando me contou a verdade, não considerou que eu poderia querer assumir a responsabilidade e me casar com você?

– Houve um tempo em que eu não desejava *nada* tanto quanto desejava ser sua esposa, Zafir. Mas não quero me casar com você só porque acredita que precisa assumir sua responsabilidade como pai. Estivemos afastados por muito tempo e muitas coisas mudaram.

– Isso é assustador porque faz parecer que você espera se casar com outra pessoa. – Depois dos momentos excitantes vividos há pouco, Zafir era jogado de grande altura de volta para a Terra como um tijolo.

– É claro que não. Não tenho namorado.

– Então por que criar obstáculos que não existem? – Zafir soube que seus olhos deviam estar revelando sua confusão e, com certeza, sua impaciência crescente.

– O fato de que nenhum de nós confia no outro é um obstáculo bem grande, você não acha? Não é algo que será facilmente superado por um casamento precipitado.

– Já lhe disse que o tempo e o desejo vão ajudar a pavimentar o caminho para o afeto verdadeiro entre nós. No entanto, o mais importante é que precisamos deixar claro nosso compromisso com a criação de nosso filho. Quanto a mim, quanto mais cedo nos casarmos, melhor. Não serei um desses pais que só veem seus filhos em fins de semana alternados, como parece ser a tendência atual no Ocidente, e quero deixar isso bem claro. O menino é meu filho e herdeiro e você não deve se esquecer disso.

Levantando-se, Zafir a encarou.

– Vou deixá-la agora, para que possa dormir. Mas amanhã vamos nos encontrar para almoçar e começar a planejar algumas coisas. Vou lhe mandar um carro às 13h.

Com um olhar frio, destinado a esconder seus sentimentos mais profundos, Zafir saiu e deixou-a sozinha.

De volta, depois de deixar Sami na escola, Patricia Carrick tirou a capa de chuva e, como era seu hábito, pendurou-a meticulosamente no cabide. Então entrou na sala de estar e viu Darcy.

Patricia não ficou totalmente surpresa ao descobrir que a filha tinha abandonado o sofá, onde passara as últimas noites, mas ficou um pouco irritada com aquilo. Ela deveria estar descansando o tornozelo. Mas mesmo quando criança Darcy não aceitava ordens, ainda que fossem para seu bem. Na verdade, a única pessoa cujo conselho Darcy realmente ouvia era o do pai dela.

Ouvindo a porta da frente bater, Darcy gritou:

– Estou na cozinha, mamãe.

Na ausência de Patricia, ela havia tomado banho e se vestido e, usando a muleta, tinha ido até a cozinha para colocar a chaleira no fogo.

– Uma xícara de chá? – ofereceu. Parada na porta, a mãe cruzou os braços e balançou a cabeça em desaprovação.

– Você realmente acha que é uma boa ideia carregar uma chaleira de água quente na sua condição?

– Preparei o chá English Breakfast. Sei que é seu favorito.

– Não se importe com isto... Você ouviu o que eu disse?

Encostada no balcão, Darcy suspirou e afastou as mechas douradas que se espalhavam em seus ombros, porque não tinha prendido o cabelo ainda.

– Sim, ouvi. Você está preocupada comigo carregando água quente na chaleira, sozinha, tendo sofrido um acidente. Pelo amor de Deus, não sou criança. *Sei* que preciso tomar cuidado. Se eu estivesse sozinha e não tivesse você para ajudar, ia precisar me virar.

– O que me leva ao próximo assunto que precisamos discutir. Quero que me diga a verdade sobre seu relacionamento com Zafir. O banco no qual você trabalhava na cidade... Os proprietários não vinham de um pequeno país do Oriente Médio?

Desconfiada que a mãe tocasse no assunto justo naquele momento, Darcy deu de ombros, sem realmente responder. Jamais revelara a identidade do pai de seu filho para não o comprometer, e agora temia que Patricia estivesse se aproximando da verdade.

– Por que está falando disto justo agora?

– Houve algo entre vocês dois no passado, não é? Eu pude sentir logo que o conheci. Por que alguém tão importante como ele traria minha filha do hospital se não tivesse algum tipo de interesse velado?

– Trabalhei para ele uma vez... Isso é tudo.

– Dê-me *algum* crédito, amor. – A mãe atravessou a cozinha para tomar a mão de Darcy na sua.

– Acha que sou velha demais para me lembrar de como é a química da atração? O ar se enche de eletricidade quando vocês dois estão juntos.

A mãe a prendera como uma raposa em uma armadilha...

Mordendo os lábios, Darcy soube que não podia mais esconder a verdade. Somente a descoberta de que Zafir estava prestes a se casar lhe dera forças para contar a verdade sobre Sami, mas o fato é que carregara aquele segredo por tempo demais sem dividi-lo com ninguém e seria muito, agora, abandonar o anonimato. Darcy jamais buscara fama ou fortuna e parecia que ia alcançar os dois.

Na noite anterior, Zafir tinha jurado que se casaria com ela, e também que iam voltar ao país dele para que pudesse proclamar Sami como seu filho e herdeiro. Uma vida comum e simples para eles não seria mais possível.

Não haveria mais apenas seu próprio salário e a modesta pensão da mãe para ajudá-las a chegar até o fim do mês, não haveria mais luta para pagar as contas. Embora alguns pudessem dizer que isso era uma coisa boa, tudo em que Darcy conseguia pensar era como seria possível fazer um casamento funcionar com alguém que a abandonara de modo tão cruel quanto Zafir fizera, deixando-a devastada. Não apenas isso, mas como manter um relacionamento com alguém que a abandonara sem lhe dar a chance de contar o *seu* lado da história.

– Eu presumo que você lhe contou que Sami é filho dele?

– Sim... Eu contei.

– E o que Zafir pretende fazer? Imagino que, por ser quem é, seu código de honra deve ser muito rígido e que ele vai querer fazer o que é certo para você e o filho dele, não é?

Virando-se, Darcy apanhou o bule de chá amarelo-canário que havia deixado no balcão e começou a encher duas canecas iguais. Sabia que a mãe estava impaciente por sua resposta, mas deliberadamente não se apressou para dá-la.

– Pode colocar as canecas em uma bandeja e carregá-la até a sala para mim?

Patricia, esbelta e muito arrumada em uma saia azul-marinho justa e uma blusa branca lisa, plantou-se exasperada ao lado de Darcy.

– Responda à minha pergunta. O que Zafir pretende fazer a respeito disso?

Incapaz de disfarçar a incerteza, Darcy inspirou profundamente e disse baixinho:

– Ele me disse que pretende se casar comigo e tornar Sami seu herdeiro.

– Soube que era um homem honrado no momento em que coloquei os olhos sobre ele. Agora, vamos tomar aquela caneca de chá, por favor?

* * *

Muito mais tarde naquela noite – na verdade, nas primeiras horas da manhã –, Zafir colocou o telefone no gancho com um movimento brusco e, cansado, correu as mãos pelo cabelo.

Caminhando até a cozinha, ele se serviu de mais café do bule que sua empregada sempre se certificava de manter reabastecido e, fazendo algo que não costumava, acrescentou duas colheres de açúcar. Ele precisava terrivelmente de café e da energia do açúcar depois da difícil conversa com Farrida.

Como havia adivinhado, ela não aceitara a notícia do cancelamento do noivado deles com graça e elegância. Expressara toda uma gama de emoções: de lágrimas seguidas de sonoros soluços, a pedidos desesperados para que ele encontrasse a razão, passando por acusações de que tinha sido hipnotizado por Darcy, que, obviamente, o estava chantageando depois de dar à luz o filho dele.

Por fim, Zafir precisou exercer sua autoridade e lhe dizer de uma vez por todas que o noivado deles estava encerrado e que ele pretendia, sem sombra de dúvida, casar-se com a mãe de seu filho. Disse ainda que Farrida deveria aceitar o fato e que a desistência dela do acordo seria amplamente recompensada. Ela manteria sua louvada reputação como uma das mais belas e mais desejáveis mulheres do país e estaria livre para se casar com o homem que escolhesse.

Pouco depois de terminar a ligação, o alívio que sentiu ao passar por aquela prova particularmente difícil estava além da medida. Significava que agora estava completamente livre para se casar com Darcy sem nada em seu caminho, porque a cada dia mais percebia que ela era a única mulher no mundo com quem sempre soubera estar destinado a ficar.

SENTADO NO saguão de um dos mais exclusivos hotéis de Londres, Zafir parecia, sob qualquer ângulo que fosse examinado, um verdadeiro príncipe. Vestido com seus sóbrios trajes tradicionais e botas longas de couro, com o indomado cabelo que refletia a luz, ele era uma figura impressionante.

Embora não tivesse qualquer *intenção* de anunciar sua posição, Zafir não via motivos para escondê-la. E a natureza dela era complexa. Seu pai sempre dissera que era uma contradição. Em um minuto, desfrutava do tratamento preferencial que lhe era concedido por seu status, e no minuto seguinte quase queria negá-lo, desaparecendo nas sombras.

Agora, esperando que Rashid chegasse com Darcy, Zafir não podia evitar sentir-se ansioso. Quando dissera a ela que pretendia que se casassem e então oficialmente anunciar Sami como seu herdeiro, Darcy *não* parecera satisfeita. Aquilo o perturbou. Será que ela não conseguia entender que ser a esposa dele traria uma série de benefícios subentendidos? Em primeiro lugar, não precisaria mais lutar, e ela e Sami seriam amparados, cuidados e adorados pelo povo dele pelo resto de suas vidas, sem que nada fosse pedido em troca.

Mas havia um temor nessa visão cor-de-rosa do futuro deles, que Zafir não conseguia dissipar facilmente. E era o temor de que Darcy nunca encontrasse o perdão em seu coração por ele ter escolhido o irmão e não ela.

– A srta. Carrick está aqui, Vossa Alteza.

De repente, Rashid estava lá, à sua frente, com uma mulher atraente apoiada em muletas ao lado dele.

– Darcy – cumprimentou ele, acariciando o rosto dela com os lábios sem hesitar. A sensação de sua pele macia e o traço estonteante de seu adorável perfume ficariam com ele muito depois que ela tivesse partido, refletiu Zafir. – É bom ver você.

– Digo o mesmo – murmurou ela.

Dirigindo-se ao guarda-costas, Zafir perguntou:

– Correu tudo bem, não foi?

– Sim, Vossa Alteza. Não tivemos nenhum problema.

– Isso é bom.

Enquanto olhava à sua volta, Zafir não se surpreendeu ao notar que muitos dos visitantes e hóspedes do hotel reunidos no saguão glamouroso os observavam sem disfarce. E prestavam atenção especial em Darcy, percebeu ele. Não que pudesse culpá-los. Seu glorioso cabelo ensolarado estava preso no topo da cabeça, em um coque muito feminino. Ela estava maquiada de forma discreta e usava um longo vestido lindamente estampado, preso com um cinto confortável e também um casaco preto de veludo desabotoado.

A beleza dela estava *além* de ser impressionante. Era de se admirar que ele ficasse tão orgulhoso e satisfeito à mera visão dela?

Fazendo um rápido exame de seus traços corados, ele imediatamente conferiu para ver se ela não ficaria mais confortável na cadeira de rodas. Sabendo o quanto Darcy poderia ser teimosa, Zafir não queria que ela se arriscasse a piorar seu machucado insistindo em ficar de pé se não fosse necessário.

– Como está se sentindo hoje?

– Eu me sinto muito melhor depois de uma noite decente de sono, tenho o prazer de dizer.

– Ainda está ocupando o sofá do andar de baixo?

Corando, ela olhou brevemente por sobre o ombro. Para o caso de alguém ouvir, Zafir pensou.

– Espero mudar isso nesta noite e voltar à minha cama.

– Acha que consegue vencer a escadaria?

– Não vou tê-lo sempre por perto para me carregar, então acho melhor me acostumar a tentar... *Vossa Alteza.*

Darcy havia respondido dando-lhe um olhar que lhe disse que ela engatinharia se precisasse, em vez de aceitar mais ajuda dele. Apesar de achar aquilo divertido, Zafir também ficou irritado por parecer não se lembrar da afirmação dele na noite anterior, quando lhe dissera que pretendia se casar com ela.

– De qualquer maneira, precisamos continuar com nosso assunto. Já providenciei para tomarmos café na minha suíte. Assim, poderemos conversar em particular. Rashid, você pode nos acompanhar e fazer a checagem habitual.

– Claro, Vossa Alteza.

Fazendo um gesto para que Darcy o precedesse, Zafir esperou até que ela estivesse pronta e confiante no controle de suas muletas e então a conduziu para o elevador.

CAPÍTULO 7

É CLARO que Darcy havia experimentado a sensação de ter borboletas no estômago antes, mas nunca as borboletas pareceram *bêbadas*. Mas foi assim que ela se sentiu no elevador enquanto subia para a cobertura com Zafir e seu guarda-costas.

O encontro deles aconteceria na suíte particular dele, Zafir lhe dissera. Era ali que ficava quando trabalhava até mais tarde no banco ou precisava conduzir uma reunião particular. Seria a primeira vez em que ficariam sozinhos de verdade desde que o contato fora restabelecido. Naturalmente, Darcy ficou preocupada com o rumo que as coisas tomariam. Com o desejo que Zafir tinha em se casar, será que insistiria em um matrimônio? Ou seria razoável e cederia em algum ponto? Ainda que ela não duvidasse que Zafir podia ser um bom pai, estava longe de ter certeza de que seria um marido tão bom.

– Aqui estamos.

O olhar penetrante e enigmático de Zafir a examinou enquanto, de acordo com o protocolo real, esperavam que Rashid abrisse a porta da suíte. Ele não lhe deu pista alguma sobre o que poderia estar pensando.

O guarda-costas entrou primeiro para fazer uma checagem rápida e eficiente. Era outro lembrete da importância de Zafir: sua segurança era primordial. Mas quando a inspeção acabou, ele claramente não desejava que o guarda-costas permanecesse ali. Pelo contrário, Zafir o instruiu para que fosse almoçar e disse que o contataria quando estivessem prontos para sair.

– Obrigado, Vossa Alteza. – Rashid incluiu Darcy em uma pequena reverência respeitosa e cordial, e mais uma vez ela sentiu simpatia pelo homem.

– Darcy?

Com um floreio, Zafir indicou que ela deveria entrar antes dele, e esperou com paciência enquanto ela obedecia. As borboletas que esvoaçavam em seu estômago não ficaram nem um pouco mais calmas quando entraram na suntuosa sala de estar com pé-direito alto da suíte. Havia três outras portas e ela deduziu que deveriam levar ao quarto, ao banheiro e, talvez, a um escritório. E, se esse primeiro cômodo era um indício, era de se esperar que todos os outros refletissem o mesmo alto nível de conforto e bom gosto.

Mobiliada com sofás dourados, poltronas que combinavam, quadros que tinham de ser originais em molduras impressionantes, e um lindo candelabro de cristal de Murano, a sala de estar tinha uma aparência muito sofisticada. Sobre uma elegante cômoda de madeira de cedro polido, havia um vaso de cristal elegante cheio de perfumadas rosas cor de creme. O perfume delas inundava o ar.

Silenciosamente reconhecendo a beleza de seu entorno, Darcy conscientemente estabilizou a respiração para absorver tudo. Ainda assim, o que dominava seus pensamentos, acima de tudo mais, era o fato de estar ali *sozinha* com Zafir.

Dominando o nervosismo, ela se distraiu com a paisagem que via da janela. O vidro à prova de som impedia que o barulho do tráfego pesado a alcançasse, e através dele vislumbrou os infindáveis gramados verdes do Hyde Park e as águas do lago do parque, Serpentine, que refletia a luz do sol tarde. Estava claro para ela que os hóspedes que ocupavam aquele hotel vinham de um mundo altamente privilegiado, cheio de dinheiro e classe. Tal vista não estava disponível para todos.

O ambiente luxuoso, dentro e fora do quarto, não se comparava a nada; essa refinada acomodação era usada predominantemente por ricos e famosos. Já estava óbvio que nenhum esforço tinha sido poupado para satisfazer cada desejo que o hóspede pudesse ter. E isso incluía uma equipe dedicada e sempre pronta a atender qualquer capricho, por menor que fosse.

Era uma prova do estilo de vida a que ela se acostumaria casando-se com ele, percebeu Darcy, e por um momento estonteante a ansiedade dela aumentou. Como se adaptaria a tais circunstâncias privilegiadas, caso se tornasse a esposa de Zafir?

Financeiramente, os últimos anos tinham sido difíceis, sem dúvida alguma, e ela com frequência não dormia à noite porque estava preocupada em como iria pagar as contas. Ter aquela preocupação tirada de si em praticamente um gesto era equivalente a um gênio aparecer de repente em sua frente e lhe conceder seu desejo mais acalentado.

Mas Darcy já sabia que ter dinheiro não resolvia tudo. Por exemplo, não diminuía a emoção devastadora que se seguia à morte de alguém que se amava... Ou o fim catastrófico de um relacionamento com um amante que havia se tornado seu sol, lua e estrelas... Ambas eram situações que experimentara pessoalmente.

Uma coisa estava muito clara: algum tempo apropriado para reflexão seria necessário antes que pudesse tomar qualquer decisão acertada.

Afastando-se de Zafir com a ajuda das muletas, Darcy cuidadosamente foi até uma poltrona. Deliberadamente evitando os sofás dourados, porque a suntuosidade pecaminosa que exibiam parecia prestes a engoli-la por inteiro caso ousasse se sentar em um deles, Darcy se acomodou na poltrona simples. Havia sempre a possibilidade de Zafir resolver juntar-se a ela se escolhesse o sofá. Então tal possibilidade deveria ser evitada a todo custo, decidiu, porque toda vez que ele chegava perto, era como ser drogada ou enfeitiçada. A atração perigosa que um dia tivera por ele não havia, ao que parecia, diminuído. Na verdade, era tão bruta e magnética como sempre fora.

– Tomei providências para que tenhamos café e sanduíches – anunciou Zafir. – Eles devem estar aqui em breve. Ah...

Houve uma súbita batida na porta, bem na hora que ele estava falando, e quando Zafir a abriu, um mordomo imaculadamente vestido entrou, carregando uma bandeja de prata. Obedecendo a um gesto de Zafir, ele se adiantou para apoiar a bandeja na imaculada mesinha de carvalho. Seus gestos eram tão calculados e fluidos, que ele quase parecia obedecer a uma coreografia.

Cordialmente ouvindo um "obrigado" e tendo recebido sua gorjeta, ele discretamente se retirou.

Acomodando-se em um sofá, Zafir então prosseguiu:

– Sei que sugeri um almoço, mas mudei de ideia. Decidi que deveríamos sair para jantar esta noite em vez de almoçarmos. Também acho que poderíamos levar Sami conosco.

Vindo do nada assim, a sugestão a surpreendeu e Darcy imediatamente sentiu-se insegura. Colocando a mão sobre o joelho, por baixo do vestido quente, ela respondeu:

– Isso não seria uma boa ideia. Ele tem escola amanhã e vai ficar mal-humorado e cansado se o deixarmos acordado até tarde.

Zafir apertou os lábios e Darcy percebeu que viu um músculo pulsou na lateral de seu maxilar esculpido em bronze. Ela imaginou que fosse bem raro que Zafir não tivesse seus desejos prontamente atendidos.

– O que posso fazer, além de ceder à sua maior experiência como mãe do que a minha como pai? – disse ele, tenso. – Mas, mesmo assim, não estarei *sempre* tão disposto a excluir nosso filho de nossos programas. Ele terá de se acostumar a um estilo de vida completamente novo quando chegarmos a Zachariah e você logo aprenderá que não mantemos a mesma rotina que têm aqui. Comemos tarde com frequência.

– Se esse for o caso, e quanto à frequência dele às aulas?

Ele a encarou como se a pergunta fosse absurda.

– Ele terá, é claro, tutores particulares.

– Suponho por esse comentário já presumiu que vamos com você para o seu país, é isto?

Os olhos dele faiscaram frios como aço.

– Estou me cansando rápido de sua resistência e teimosia. Era minha intenção honesta ser mais ameno ao considerar seus desejos, Darcy, mas acho que estou ficando sem paciência. De uma vez por todas: vamos nos casar e vamos voltar para o meu país tão logo seja possível. Meu plano é que passemos três meses do ano lá e o resto do tempo seria dividido entre Londres e os Estados Unidos... Tirando tempo para nossas férias. Agora, vamos tomar café e depois disso, tenho alguns papéis para você assinar. Em seguida, desceremos para discutir alguns preparativos.

– O que são esses papéis?

– Um deles é sua concordância em se casar comigo. Os outros são documentos relativos a detalhes pessoais. Você trouxe seu passaporte e certidão de nascimento para verificação, como pedi?

Ajeitando-se, o primeiro instinto de Darcy foi contestar essa declaração com uma réplica obstinada que o informaria que ela ainda tinha dúvidas sobre o assunto, mas algo lhe disse que não faria qualquer diferença... Não quando ele já havia firmemente decidido o que iria acontecer.

Ela precisaria de algum tempo para descobrir como lutar melhor por suas preferências, sempre mantendo em mente as necessidades do filho. Isso era prioridade.

Cerrando os dentes, ela respondeu:

– Sim, eu trouxe. – Apanhando a bolsa de camurça estilo carteiro que usava, Darcy disse: – Mas ainda não tenho certeza de que casar com você é a coisa certa a fazer. Já conversou com Farrida sobre cancelar o noivado?

– Conversei. Não há mais acordo, então não há mais necessidade de você se preocupar.

– E ela aceitou sua mudança de ideia? Imagino que tenha sido bem difícil para ela.

– No meu país, casamentos arranjados para propósitos dinásticos são bem comuns. Não são complicados por sentimentos. Farrida aceitou a mudança em meus planos com a graça da dama de alta classe que é.

O olhar que ele lançou para Darcy era decididamente frio. Deixava claro que, em sua mente, ele já havia decidido que mais nenhuma discussão sobre aquilo seria necessária.

– Entendo.

– Estamos discutindo planos para *nosso* casamento e nosso retorno ao meu país – relembrou Zafir a ela. – Não há dúvida de que é a decisão certa. Meu filho esteve tempo demais sem o apoio do pai, e com você se tornando minha esposa, ele não vai passar por privações. Poderemos lhe dar todas as coisas de que ele precisa, as coisas a que ele tem direito como meu herdeiro. Acho que é hora de tomarmos aquele café... Não acha?

– Eu prefiro chá, se não fizer diferença para você.

– É claro. Eu deveria saber agora que não se conforma com nada que não gosta, Darcy, então pedi chá também. – Habilmente organizando as xícaras e pires na mesa como se não se intimidasse com tarefas domésticas, ele a provocou. – Devo fazer as honras e servir?

– Eu não vou dizer não.

Sua mão forte se fechou em volta da delicada asa de porcelana do bule de chá e os sedutores olhos negros de Zafir brilharam com mais do que só uma pequena provocação.

– Que interessante... Diga-me, então, para *o que* você diz não?

Imediatamente sentindo-se enrubescer, ela afastou um cacho de cabelo claro que havia caído sobre o rosto, sem perceber o que fazia. Se a intenção de Zafir era deixá-la desconfortável com o comentário perigosamente sugestivo, então foi bem-sucedido.

– Uma garota poderia morrer de sede esperando que você sirva esse chá, sabe?

Colocando o bule sobre a mesa, Zafir lentamente se levantou. As roupas pretas se agitaram em torno de seu corpo de forma tão fluida que, para Darcy, pareceram as águas de um rio.

– Você está realmente tão sedenta que não poderia esperar mais alguns minutos para satisfazer essa sede? – perguntou ele.

Incapaz de encontrar voz naquele momento, Darcy engoliu em seco. Os seios já estavam quentes e pesados de desejo e os mamilos arrepiados formigavam ferozmente dentro de um vestido que gradativamente a fazia se sentir como se estivesse em uma sauna. Ainda assim, estava plenamente consciente de que a temperatura de seu corpo não tinha nada a ver com o que usava, mas *tudo* a ver com o homem pecaminosamente bonito parado à sua frente.

Ela se lembrou que ele uma vez lhe dissera que sua linhagem era ancestral, muito reverenciada por pesquisadores históricos. Como alguém poderia duvidar da origem de tais ancestrais? A pessoa só precisaria dar uma olhada para o rosto deslumbrante de Zafir para ser transportado para outro mundo. A testa orgulhosa, os malares esculpidos e o cabelo preto ondulado... Tudo fazia lembrar uma cultura repleta de nobreza e mistério.

Ainda assim, o povo de sua tribo caminhara, certa vez, através do deserto em dias terrivelmente quentes à procura de poços de água, passara noites longas e frias sob um céu cheio de estrelas sob temperaturas provavelmente tão terríveis quanto as do Polo Norte. Resiliência e fé devem ter sido incutidas nos ossos dos ancestrais dele para que pudessem sobreviver a tais extremos climáticos e ainda assim criar uma boa vida para eles mesmos e suas famílias.

Mesmo intrigado pela reflexão silenciosa na qual Darcy parecia imersa, Zafir deu um sorriso. Foi então que viu que sua expressão estava inegavelmente *faminta* e se sentiu sucumbindo ao convite dos olhos dele, como se capturada por uma corrente sensual impossível de resistir.

– Em vez de lhe servir uma xícara de chá, tenho outra sugestão.

– Ahn?

– Não preferiria que eu fizesse amor com você?

Ela engasgou.

– Não deveria dizer estas coisas para mim. Você... Você *sabe* que não deveria.

– Por que não? – Ele se plantou a poucos centímetros de onde ela estava sentada, tão perto que o calor de seu corpo se mesclava irresistivelmente ao agora familiar aroma sedutor de ágar-ágar e flutuava até ela. – Prefere que eu finja ser tímido como um estudante inexperiente, em vez de ser um homem que sabe o que deseja e não tem medo de declarar isto?

– Este tipo de desejo que menciona não precisa ser recíproco?

– Está dizendo que não me quer, Darcy?

Ela se sentiu subitamente zonza. As coisas que a voz profunda de Zafir podia fazer com ela, sem contar a aparência dele... Aonde diabos ele queria chegar com tal pergunta?

– Tudo o que estou dizendo é que eu... Eu preciso ser sensível e você está tornando isso impossível para mim.

– Uma vez... Não há muito tempo... Você foi minha mulher. Agora temos um filho juntos. Isso confirma que você *ainda* é minha mulher.

– Não sou tal coisa. E não sou um tipo de bem móvel com o qual pode fazer o que bem entende só porque acha que é um direito inalienável que tem.

– É assim que realmente me vê? Como alguém que sequer consideraria os direitos de outra pessoa se por acaso conflitassem com os meus? Isso é uma vergonha. Mas se está dizendo que não tem mais sentimento algum por mim além de ódio, então terei de relembrá-la de que ainda sou o pai de seu filho e tenho toda a intenção de reclamar meus direitos paternos, com ou *sem* sua aprovação, porque meu povo precisa de um herdeiro.

Ainda que o coração de Darcy estivesse acelerado, a voz dela estava calma quando respondeu:

– Eu não o odeio. Nunca o odiei, nem mesmo depois de tudo o que aconteceu. Mas o bem-estar do meu filho e seu futuro não estão sobre a mesa, isso não é uma barganha.

– Não é minha intenção barganhar. – Um sorriso de enlouquecer tocou os lábios de Zafir, como se ele já soubesse que tinha um trunfo nas mãos.

Em resposta, uma onda de exasperação borbulhou dentro dela e subitamente se liberou.

– Olhe... Você teve sua chance comigo uma vez, Zafir, mas a jogou fora. Sim, jogou fora como se não fosse nada. Destruiu minha confiança quando fez isso. Ela foi reduzida a pó. Se acha que pode ser facilmente restaurada cedendo ao desejo que tenho por você, então preciso lhe dizer que as coisas definitivamente não serão assim.

O olhar dele naquele momento a impressionou. Darcy subitamente soube que Zafir não ia responder como havia pensado.

– Meu desejo não nasceu do simples *desejo*, Darcy. Ainda tenho sentimentos por você, a despeito de qualquer decisão idiota que eu tenha tomado no passado. E agora uma criança, *nosso* filho, foi trazida para a equação. Isso muda tudo. Não podemos fazer as pazes... ao menos pelo bem *dele*?

Darcy gemeu, sentindo os últimos vestígios de sua resistência derretendo, e soube que lutava uma batalha perdida.

– Eu faria qualquer coisa por Sami.

– Você pode não saber disso ainda, mas eu também faria.

Percebendo que Zafir falava sério, Darcy notou que estava excitada, que suas emoções queriam dançar em um ritmo completamente diferente daquele que pretendera assumir no começo da conversa. Sem protestar, sucumbiu à tentação.

Como se já estivesse ciente da decisão, Zafir cuidadosamente a colocou de pé. Suas mãos grandes circularam a cintura dela e Darcy ficou feliz porque voltara à sua forma antiga depois da gravidez.

– O que mais eu preciso fazer para que entenda o quanto a desejo? – perguntou ele, com a voz rouca. – E não somente para satisfazer minha ânsia por seu corpo. Há muitas razões pelas quais eu a desejo. Embora faça muito tempo desde que estivemos juntos dessa forma, a lembrança nunca me deixou. Você achou que eu me esqueceria de tudo?

Lutando com a urgência de colocar as mãos contra o rosto bronzeado dele, Darcy sabia que sua voz era um sussurro trêmulo quando disse baixinho:

– Você não joga de um jeito leal, sabe... Bem... Nunca jogou.

– Acho que nossas lembranças podem esperar.

Sem aviso, ele a tomou nos braços, contra um tórax que qualquer um poderia ver que era magnífico. E Darcy poderia pessoalmente atestar que Zafir tinha músculos de aço e uma pele tão macia quanto seda. O sorriso que ele lhe deu foi desavergonhado, íntimo e sexy, e falava de coisas que só amantes poderiam entender.

No passado houve muitas vezes em que ele fizera os joelhos dela tremerem com tal olhar. Qual mulher poderia resistir a essa tentação por muito tempo? Não importa o quanto tentasse se conter, ela não seria humana se o rejeitasse; e Darcy jamais esquecera do tempo que passaram nos braços um do outro. Nunca tinha sido capaz de resistir a ele e nem seria agora.

– Temos muito tempo à nossa frente.

Zafir encaminhou-se até o quarto e forçou as portas duplas para se abrirem com a ponta da bota. Tão logo entraram, ele a carregou até a cama com dossel.

TIRANDO AS botas e ajudando Darcy a tirar os sapatos baixos de couro, Zafir a colocou na cama. Por longos minutos, ficaram juntos sobre a colcha, só olhando um para o outro. O único som que ouviam naquele momento em que o tempo pareceu parar, foi o lento inspirar e expirar da respiração dos dois.

Mas então Zafir abaixou a cabeça e começou a beijá-la.

Foi como jogar gasolina em uma fogueira.

Aqueles beijos iniciais e hesitantes rapidamente se transformaram em uma conflagração de desejo e paixão, enquanto começavam a se redescobrir com o desespero do desejo contido por tantos anos. Quando pararam um momento para respirar, Darcy passou os dedos pelo cabelo dele.

– Ainda parece seda. O que o fez decidir deixá-lo crescer?

Sorrindo com os olhos, ele achou graça.

– É uma tradição familiar, acho. Gosta assim?

Ela riu, mostrando as covinhas.

– Gosto. Gosto muito.

– Vou ter que prendê-lo por um momento.

– Por quê?

Ele já estava com a mão dentro da túnica, procurando a tira de veludo preto que carregava, caso surgisse a necessidade. Agora Zafir não queria que nada impedisse a visão de sua amante.

– Quero ver você... Na verdade, quero ver você *inteira*.

Habilmente segurando a fita em volta do rabo de cavalo que fizera, ele não afastou o olhar de Darcy nenhuma vez.

Como um músico treinado que jamais se esquece de como tocar as notas gravadas na própria alma, Zafir começou cuidadosamente a tirar as roupas que cobriam o corpo delicado, mas curvilíneo, de Darcy. Ele a observava de forma reverente e a visão do corpo dela tirou seu fôlego. Darcy ainda era tão linda e perfeita quanto Zafir se lembrava, e o aroma e a pele dela lançavam um feitiço que o deixava feliz por estar vivo.

Durante os anos em que estiveram afastados, Zafir sonhara com ela com frequência. E esses sonhos vívidos não fizeram nada além de *torturá-lo*. De que serviram, quando sua única utilidade tinha sido fazê-lo relembrar o que perdera? Mas mesmo as imagens excitantes de Darcy que havia conjurado não podiam ter a menor esperança de se aproximar da realidade de tê-la ali, ao vivo, com ele.

Depois de ceder à necessidade voraz de livrá-la das roupas, Zafir levantou-se brevemente para puxar as suntuosas cortinas de *voile* do dossel em volta deles. O escudo delicado, porém eficiente, imediatamente ajudou a reduzir a luz do sol que entrava pelas janelas, e ele começou a tirar as roupas.

Antes de ele se inclinar sobre ela, seu olhar hipnotizado se afogou com a visão daqueles pálidos seios perfeitamente redondos, e ele viu que os delicados mamilos rosados já estavam excitados, como se esperassem seu toque. E apesar de Zafir ansiar por colocá-los na boca e sugá-los, primeiro queria tocar a boca de Darcy com a sua.

Com o olhar preso ao dela, saboreou os lábios ousados e cheios como se neles pudesse provar nada menos do que o néctar dos deuses. E realmente podia, reconheceu, quando sua língua varreu o sedoso interior quente da boca de Darcy e febrilmente suas línguas duelaram. Cada beijo faminto alimentava um fogo dentro dele que nunca havia queimado com tanta intensidade quando estava com outras mulheres. A sensação próxima da dor que experimentara na virilha quando não a possuiu imediatamente era testemunha de sua voracidade e desejo.

Subitamente consciente de que as mãos dela empurravam seu peito, ela se libertou dos lábios dele.

– Tem *alguma* ideia do que está fazendo comigo?

– Espero estar excitando você, anjo.

– Está, Zafir. Mas há algo que quero lhe dizer, algo que deveria ter dito há muito tempo.

O corpo dele ficou tenso.

– O que é? O que não me disse antes, Darcy?

* * *

Ela sabia que estava tremendo. Não podia se controlar. *Será que Zafir acreditaria nela?* Ansiara tanto por ele naquela noite que deixara seus sentimentos comandarem seus atos, dizendo a si mesma que tudo ficaria bem.

– A primeira vez que fizemos amor no hotel... Aquela nossa noite especial... Você se lembra?

Os cantos dos lábios dele se ergueram, em um sorriso sábio.

– Claro que me lembro. Meu coração ainda dispara com a lembrança.

A garganta dela se estreitou.

– Bem... Não pareceu se importar com a minha falta de experiência, que tenho certeza de que não pude esconder. Pensei que talvez não importasse, porque você não disse nada a respeito... Mas eu era *virgem*, Zafir. Você é o primeiro e único amante que já tive.

O rosto dele ficou pálido.

– Se isso é verdade... Eu *deveria* ter percebido. Mas só demonstrou prazer, não dor. Eu machuquei você naquela primeira vez?

Darcy envolveu a mão dele com a sua.

– Houve uma sensibilidade inicial, mas depois que passou, achei tudo *maravilhoso*.

– Mas por que não me *contou*? Como você não sabia que esse é o maior presente que uma mulher pode dar a um homem?

– Temi que, nos tempos em que vivemos, não tivesse grande significado o gesto de uma mulher que se guarda para...

para alguém com quem ela se importa. – Darcy não diria *ama*. Aquele era um passo grande para o momento e ela já arriscara demais. – Acho que a maioria dos homens gostaria de alguém mais experiente.

– Que loucura... Onde você ouviu isto?

– A maioria das mulheres com quem conversei parecia pensar que ser experiente era um benefício. Jamais concordei com isso. – Ela sabia que estava corando. – Acho que sempre fui um pouco romântica.

– Fico feliz que seja.

Zafir afastou o cabelo dela e beijou sua testa. Seus olhos aveludados pareceram subitamente escurecer de desejo.

– Você ainda me quer?

– Eu quero... Quero você *agora*, Zafir.

– Quero você também.

– Então não me faça esperar mais.

COM SATISFAÇÃO, ele vislumbrou o desejo indiscutível nos olhos dela.

– Não vou fazê-la esperar, meu anjo – prometeu –, mas preciso usar proteção. Tenho aqui, no bolso das minhas vestes.

Quando ele se virou para apanhar a roupa que deixara sobre a cama, Darcy segurou sua mão. O sorriso dela parecia inseguro e tímido.

– Estou... Estou tomando a pílula agora, então não será necessário.

O coração de Zafir bateu com força, a despeito do fato de ela já ter lhe dito que não estava vendo mais ninguém.

Agora que sabia que era virgem quando fizeram amor pela primeira vez, odiou o pensamento de que Darcy pudesse ter tido outro homem em sua cama depois da separação deles...

– Tive que me proteger depois... Depois do que houve – explicou ela.

– Mas você *quis* Sami? Desejou ter nosso bebê?

Arregalando os olhos azuis que continham as mesmas tonalidades hipnotizantes de mar e céu, ela respondeu:

– *Sempre.* Ele é tudo para mim... Você *precisa* saber disto.

– Não há dúvida, *habibi*. É só vê-los juntos para ter certeza.

Sem fazer outro comentário, Darcy passou seus braços esguios em torno do pescoço dele e o puxou para si.

Zafir não precisava de mais provas. Pressionando-a com força contra a cama, sentiu o coração batendo com força, ansioso por torná-la sua de novo. Passando as mãos sob a seda macia de seu traseiro, levou um longo tempo acariciando-a, para guiar as pernas esguias de Darcy em torno de sua cintura, de modo a não sobrecarregar seu tornozelo.

Mas rapidamente o desejo que crescia dentro dele assumiu o comando, e Zafir não hesitou em penetrá-la profundamente. Por um instante, pensou que deveria oferecer uma prece de agradecimento no momento do encontro de seus corpos, mas não teve certeza. Tudo o que soube foi que estar tão intimamente próximo dela de novo era uma experiência estonteante e muito satisfatória.

Nenhuma mulher conseguiu fazê-lo se sentir do jeito que Darcy fazia. Saber que ela tivera seu filho depois de ter sido rejeitada de forma tão idiota e dolorosa, e descobrir que ainda era virgem naquela primeira vez, tornava, agora, o elo inegável que um dia forjaram ainda mais significativo.

O olhar faminto de Zafir buscou o de Darcy. Guiado por uma força que era tão ancestral quanto o próprio tempo, ele imprimiu mais força aos seus movimentos ritmados dentro dela, registrando com prazer o tremor macio dos lábios de Darcy quando ela gemeu baixinho. Reivindicando-os com um beijo possessivo e sensual, ele ergueu os braços dela acima de sua cabeça enquanto arremetia mais fundo. Os movimentos dele rapidamente provocaram a reação que esperava. Arqueando-se para encontrá-lo, o corpo dela subitamente se contraiu.

– Ah, Zafir – gemeu Darcy, de forma ardente, as coxas macias apertando-o com força.

Encarando-a, ele viu que Darcy estava com lágrimas nos olhos enquanto, sem conseguir resistir, desfalecia nos braços dele...

CAPÍTULO 8

ZAFIR ERA mesmo um homem de contradições, pensou Darcy enquanto se aconchegava em seus braços, a mão preguiçosamente pousada nos pelos cacheados e pretos do peito impressionante. Não apenas era um amante quente e apaixonado, como também muito sensível. Por duas vezes havia deliberadamente atrasado o ápice do próprio prazer para que Darcy atingisse o dela e agora, depois da segunda vez, estava deitado ao seu lado, dando-lhe um sorriso malvado e provocando-a.

– Ou estou mesmo sem prática, ou o período que passamos separados a deixou insaciável, meu amor. Estou esgotado.

– Você está dizendo que não consegue acompanhar meu ritmo? – respondeu ela, ao mesmo tempo em que registrava, deliciada, que Zafir a chamara de *meu amor*.

– Acredito que isto seja uma piada, certo?

Darcy sorriu.

– Realmente acha que eu teria a *ousadia*, como alguém abaixo de você, de colocar sua destreza sexual em questão, Vossa Alteza? Eu não faria tal coisa! Tenho certeza de que pessoas já foram jogadas em porões escuros e sombrios por menos que isto.

– Você pagará por esta observação desrespeitosa, menina má.

Virando-se e passando as mãos em volta da cintura dela, Zafir a colocou sem esforço sobre si, com um olhar feroz. Não era nem mesmo remotamente ameaçador, e ainda assim ele nunca pareceu mais com um guerreiro do que naquele momento. Seu cabelo escuro ainda estava amarrado com a tira de veludo preto, o que atraía a atenção de Darcy para o queixo de aço e os malares saltados, enquanto era aprisionada por aquele estonteante olhar escuro.

Possessiva e cheia de desejo, Darcy parecia tão submissa quanto uma boneca de pano quando devolveu o olhar a ele. Talvez Zafir estivesse certo. Talvez ela *fosse* insaciável... Pelo menos no que dizia respeito a ele.

– Eu juro que farei do propósito da minha vida mantê-la satisfeita até o fim dos meus dias, minha rainha – disse ele.

– Isto é muito bom, mas não acho que sou uma *rainha*.

– Ainda não... Pelo menos não oficialmente... Mas logo será. Em meu país, sou o rei e, como é natural, a mulher com quem eu me casar se tornará a rainha.

– Se pretendia me tranquilizar dizendo isto, *não* tranquilizou. Para ser franca, ouvir uma coisa destas faz com que eu queira correr e me esconder.

Zafir parou de respirar por um momento.

– Está falando sério? Por que ia querer fazer uma coisa dessas?

– Porque sempre vivi uma vida razoavelmente quieta e agora parece que vou ser jogada sob os holofotes.

– Vai se adaptar a esse papel, minha querida, como aqueles de nós que nascem nesse caminho *precisam fazer*. Mas, lembre-se, sempre estarei ao seu lado para ajudá-la.

Espantada com a declaração, Darcy fez menção de se afastar. Mas seu amante colocou as mãos firmemente em suas coxas esguias e a segurou. Seu sangue instantaneamente acelerou e depois correu como o calor de lava derretida, enquanto ficava evidente que Zafir já estava excitado.

– Não vá. Tudo o que desejo é fazer com que se sinta bem. Você se esqueceu de como costumava ser entre nós? O que finalmente nos levou para a cama?

– Eu me lembro. E não nego que a velha atração que havia entre nós ainda exista. Mas não significa que possamos consertar as coisas tão facilmente.

– Se eu lhe causei dor *alguma* vez, então sinceramente me arrependo disso. Mas temos um filho agora e quero tentar me redimir pelos erros do passado. Você não consegue ver que minhas intenções são sinceras?

Querendo desesperadamente acreditar nele, Darcy ainda hesitava em baixar a guarda. Ela rezou para que a declaração de Zafir fosse genuína, mas encarando-o naquele momento, descobriu que se sentia impotente, capturada pela visão dos músculos bem torneados e ombros fortes.

Darcy já sabia o quanto era difícil resistir a Zafir. Observando seu olhar despudoradamente convidativo, perdeu o ar. Ah, seria tão fácil ceder às tentações da carne e apenas se entregar na tentativa de apagar tudo o que passara e na esperança de que, com o tempo, sua confiança fosse reparada... Mas será que poderia ser considerada uma tola por ceder tão facilmente e, depois disso, ainda se arrependeria?

– Você não responde e isto me deixa sem ação.

– É só que as boas intenções nem sempre são correspondidas... Não importa o quanto o desejo seja intenso.

– Acho que toda esta conversa está complicando o que deveria ser muito simples. Tudo o que precisamos perguntar agora é: *desejamos* um ao outro ou *não*? Sei a minha resposta.

Zafir trouxe Darcy para junto de si, cobrindo sua boca com a dele. Suas mãos pareciam grandes e quentes sobre a pele dela e, ainda assim, estranhamente protetoras. O beijo foi doce e profundo, com a língua de Zafir varrendo cada recanto da boca de Darcy, cheia de sedução, duelando com a dela. Uma onda de desejo quase a derrubou.

– Seus seios são como marfim aveludado... O toque de sua pele é maravilhoso. Você consegue se lembrar como se sentia quando tocava neles? – sussurrou Zafir contra o pescoço dela.

Deixando-a sem ação, acariciou seus seios e pegou os mamilos entre os dedos. Encarando-a com os olhos carregados de desejo, beliscou-a com força.

Darcy quase desfaleceu com a sensação estonteante de dor misturada a prazer. Então Zafir tomou um dos mamilos em sua boca e sugou. Jogando a cabeça para trás, ela choramingou. Seu cabelo já havia escapado da presilha de casco de tartaruga e agora as mechas douradas se espalhavam por seus ombros.

As mãos famintas de Zafir começaram a explorar o resto do corpo dela. Enquanto isso, o cabelo de Darcy roçava os mamilos que ele havia excitado, e ela não pôde conter um gemido febril. Contra a maciez de sua carne, as pontas de seu cabelo pareciam-se com facas.

– Eu nunca vou *conseguir* me satisfazer de você – confessou Zafir, com a voz rouca.

Inclinando-se na direção dele para receber seu beijo de novo, tudo o que pôde conseguiu, em resposta, foi gemer baixinho.

– Hummm...

Em menos de um segundo, ele a penetrou. Estava duro, quente e tudo o que Darcy poderia desejar, e logo seus corpos assumiram um ritmo sensual.

Sentindo-se zonza de alívio por ter essa necessidade básica, mas imperativa, preenchida, ela percebeu o quanto tinha sentido falta da satisfação carnal que esse homem podia lhe proporcionar. Estava encantada com o toque de suas bocas, e a ávida resposta dele indicava que sentia o mesmo. Não importava quanto tempo havia passado desde que se tornaram amantes, pois parecia que seus desejos físicos permaneciam perfeitamente em sintonia. E, com a intimidade, ela entendeu que, de algum modo, era capaz de colocar de lado a devastação e a dor que enfrentara e concentrar sua atenção no presente.

Aquela era uma revelação bem-vinda. Na verdade, tudo o que sempre quisera de Zafir era seu amor... Impetuoso, devotado e imortal. Nada menos do que isso seria bom o bastante.

Para Darcy, o tempo havia desacelerado e, agora, estava realmente parando de correr, enquanto se deixava ficar ali, nos braços de Zafir. Ela só tinha consciência dele. Uma carícia fluía para outra, em uma sinfonia infindável, como se nunca tivessem esquecido qual nota vinha a seguir. Ela não queria que aquele interlúdio encantado chegasse ao fim. Juntos, estavam criando um mundo mágico só deles, onde ninguém poderia se intrometer ou fazer exigências, e estava aproveitando cada instante da sensação de liberdade que aquele momento proporcionava.

Quando a urgência de seu ato de amor chegou a um fim incrivelmente satisfatório, eles se deitaram nos lençóis frescos sob a colcha. A deliciosa sensação de preenchimento que tomava o corpo de Darcy felizmente não se dispersou rapidamente. Em vez de se sentir quase inerte ante a ideia de experimentar intimidade de novo, ela se perguntou como conseguira ficar tanto tempo *sem* esse contato. Mais uma vez, o homem ao seu lado despertara sentimentos em seu coração que Darcy tinha certeza ter enterrado há muito. A noção de que agora estavam juntos de novo e que possivelmente permaneceriam nesse estado por muitos anos só a deixava mais maravilhada.

Com um suspiro, Zafir virou-se para ela e acariciou seu rosto com delicadeza. O gesto dele a fez lembrar-se de um mestre escultor, tão enamorado de sua arte que gostaria de imprimir na memória a forma e a textura dos traços que estudava.

A simples noção de que ele a adorava tanto fazia o coração de Darcy acelerar. Para alguém tão masculino, o toque de Zafir era incrivelmente gentil. E que mulher *não* se enterneceria diante de todas as sensações que ele instigava?

Mas, de repente, ele pareceu perturbado.

– Você me disse que não houve ninguém em sua vida desde que... – Ele fez uma careta. – Mas durante todos esses anos, não sentiu falta de ter um homem para abraçá-la e fazer amor com você? Sabendo como é passional, não posso acreditar que nunca tenha ansiado por isso.

Na verdade, ela havia esquecido como Zafir podia ser franco. Agora se lembrava de como ele ia direto ao ponto, sem rodeios.

Com o rosto queimando de calor, Darcy respondeu:

– Ocasionalmente, eu sentia falta de não ter alguém para me abraçar, é claro. A vida de solteira fica solitária, às vezes. Mas eu não quis outro relacionamento desde que tive Sami. Certamente não senti falta do lado físico das coisas tanto quanto arriscaria colocar um estranho na vida de meu filho.

– Fico satisfeito em ouvir isto. Sua devoção ao nosso filho é impressionante. Ela reafirma que a minha decisão de me casar com você é a correta.

– E você, Zafir? – Voltando sua atenção para ele, para que não lesse sua expressão de modo equivocado, Darcy enfiou algumas mechas de cabelo atrás da orelha. No rastro do ato de amor deles, seu cabelo rebelde havia se soltado sobre os ombros.

– Teve muitas outras mulheres em sua vida desde que nos separamos?

Ela quase conteve o fôlego.

– Suponho que seja justo que me faça esta pergunta.

Esticando a mão atrás de si, ele arrumou os travesseiros nas costas e se sentou.

Com aqueles ombros impressionantes denunciando certa tensão, ele a encarou e disse:

– Não nego que, em minha posição, tenho muitas oportunidades de conhecer mulheres bonitas e bem relacionadas. Mas não significa que eu queira dormir com todas elas. E se tudo o que eu quisesse fosse estar com alguém adequado, que preenchesse os requisitos de minha família, você não acha que eu iria em frente e teria me casado com Farrida?

Darcy também se sentou. Puxando a colcha um pouco mais para cobrir os seios, ela dobrou os joelhos.

– É só que você é um homem muito atraente e viril, e não posso imaginá-lo, por vontade própria, sem... sem receber atenção sexual por muito tempo.

Zafir deu um meio-sorriso cheio de ironia.

– Você está certa, é claro. Mas ser promíscuo vai contra tudo o que acredito, então quando voltei a Zachariah depois que nos separamos, tomei uma amante. Começamos com o que se poderia chamar de um relacionamento proveitoso para ambos, sem nos envolvermos emocionalmente. Mas não demorou muito até rompermos. A coisa toda parecia indescritivelmente vazia para mim. Foi quando resolvi continuar com minha vida e colocar minha energia em comandar os negócios da família.

Aturdida diante da revelação dele, Darcy sentia seu coração bater dolorosamente só com a ideia de que ele estivera com outras mulheres.

– Então, porque o relacionamento parecia tão vazio, decidiu que era uma opção melhor se casar com Farrida, foi isso? Ao menos, conhecia a família dela. Quando se encontrou com ela de novo?

– Nós nos reencontramos em um evento em Nova York. Ela me lembrou das esperanças de nossas famílias de que nos casássemos se não tivéssemos conhecido outras pessoas na época em que chegássemos aos 30 anos. – Ele deu de ombros. – Bem, eu estava com 36 e ela com 35. Ela havia passado por alguns relacionamentos que não funcionaram e me disse que desejava ter filhos. Revelar uma coisa assim não era típico de Farrida, ela nunca foi sentimental. O tempo estava se esgotando, disse ela. E sabendo que eu ainda estava solteiro e precisando de um herdeiro, pensou que a solução ideal seria ficarmos juntos.

– Então você concordou que ficaria noivo?

A expressão de Zafir foi de arrependimento, mas ele falou de forma franca.

– Concordei. Como já lhe disse, o acordo era puramente pragmático.

– E então *eu* reapareci em sua vida.

– Só posso agradecer aos poderes maiores o fato de você ter aparecido... Especialmente quando descobri que já tenho o herdeiro que desejei. – Afetuosamente, Zafir correu os dedos pelo rosto dela.

– Mas não sou nem adequada nem bem relacionada, Zafir... E se sua família não aprovar nosso casamento? E se sugerirem que me tome como amante, em vez disso?

Zafir acariciou seu rosto e os olhos escuros dele eram inflexivelmente possessivos.

– Você vai ser minha esposa com toda a certeza, Darcy... *Não* minha amante.

– E é isso que realmente quer, não é?

Os olhos dele se estreitaram.

– Você honestamente precisa me perguntar isto? Eu já não deixei meus sentimentos mais do que claros?

– Gostaria de pensar que tudo o que me disse é verdadeiro, mas depois do que houve da última vez, estou compreensivelmente cautelosa.

– Está dizendo que nunca mais vai confiar em mim?

– Não. Não é o que estou dizendo. Mas vou levar algum tempo.

– Não posso dizer que gosto disso... Mas entendo. Então vou lhe perguntar de novo: você concorda em se casar comigo?

– Sim, concordo. – O leve sorriso que ela lhe deu foi fugaz. – Você *é* o pai do meu filho e parece querer honrar suas responsabilidades quanto a ele. Acho que faz todo sentido nos casarmos.

– De fato... Mas também poderia se esforçar para parecer um pouco mais feliz com a perspectiva. A vida de nosso filho *e* a sua vão definitivamente mudar para melhor.

– Tenho certeza de que o tempo dirá – murmurou Darcy.

Esticando as mãos para o lugar no qual Zafir tinha jogado suas roupas, ela passou o vestido sobre a cabeça de um jeito prático, enrolou a roupa de baixo na mão e se esgueirou até o pé da cama. Lá, abriu as cortinas de *voile* para o lado e, testando o tornozelo, cuidadosamente se levantou.

– Aonde você vai?

– Gostaria de tomar um banho de banheira... É mais fácil do que negociar uma chuveirada. Você pode me ajudar a preparar as coisas?

– Farei mais do que isso. Vou acompanhá-la. Você vai precisar da minha ajuda, para entrar e sair do banho.

Sabendo que não tinha como recusar, Darcy relutantemente assentiu.

– Você não vai ter de fazer isso por muito mais tempo. Quando meu tornozelo melhorar, eu vou...

– Sei que é da sua natureza querer ser independente, Darcy, mas às vezes...

Juntando-se a ela, Zafir a virou para si e ela ofegou. Ele estava completamente nu, sequer enrolara um lençol na cintura.

Ele sorriu bem perto do rosto dela.

– Às vezes, não machuca aceitar ajuda... não é?

NO DIA seguinte, Zafir foi até seu escritório no banco. Sentou-se à sua mesa com uma caneca de café nas mãos e pediu que Jane Maddox fosse vê-lo. Quando ela entrou, a primeira coisa que notou é que Jane exagerava no perfume.

Podia-se dizer muito sobre uma mulher pelo perfume que ela usava, refletiu Zafir. Aquele aroma certamente não despertava seu desejo. Mas ela possuía respostas para perguntas que há muito tinham expirado e era isso que importava.

– Sente-se – instruiu ele.

– Há algum problema, Vossa Alteza?

– Isto vai depender das suas respostas para as minhas perguntas, srta. Maddox.

Zafir conteve a fúria que crescia dentro dele desde que soubera que Darcy tinha tentado entrar em contato muitas vezes, e sem sucesso. Essa mulher estava encarregada de toda a parte administrativa do banco. Se alguém sabia o que havia acontecido com todas as mensagens de Darcy, era ela.

– O assunto, srta. Maddox, é Darcy Carrick...

ELES ESTAVAM *prestes a se casar.*

Seria uma cerimônia digna em um dos cartórios de Londres e suas duas testemunhas eram Rashid e a mãe de Darcy, Patricia, que segurou a mão do filho deles.

O celebrante começou a conduzi-los em seus votos, e Zafir achou aquilo tudo quase surreal. Darcy enlouquecera-o desde o primeiro momento em que colocara os olhos nela, e simplesmente sabia que sua decisão de se casar com ela não poderia estar mais certa. Ainda assim, o fato de que tivessem passado um tempo separados por causa do que começava a parecer o mais terrível engano da parte dele, deixava-o muito, muito desconfortável.

Realmente muito desconfortável.

Especialmente agora, que Jane Maddox tinha admitido que decidira não encaminhar qualquer mensagem de Darcy para que Zafir não se incomodasse com isso novamente. Em sua opinião, ela havia lhe prestado um favor.

– Como ousa fazer tal julgamento em meu nome? – perguntou Zafir. – Quem você pensa que é?

Zafir não era um homem violento de maneira alguma, mas não sabia como não a esganara imediatamente. Em vez disso, sentiu grande satisfação em lhe ordenar que apanhasse suas coisas e deixasse o banco, para nunca mais voltar.

Com um suspiro sentido, ele voltou os olhos para Darcy e foi novamente tomado pela beleza dela. Não apenas era parecida com Afrodite, a deusa da beleza, do amor e do arrebatamento sexual, mas também tinha um coração lindo. Não hesitara em criar o filho deles sozinha quando foi abandonada por ele e aquilo dizia muito. Agora, Zafir pretendia se redimir com ela de todos os modos que pudesse.

O fato de ter virado as costas para Darcy quando ela estava grávida do filho dele o magoava profundamente. Como um homem *começava* a se redimir de tal coisa? Zafir desejou que seu pai ainda vivesse. Ele era a única pessoa que poderia tê-lo ajudado com um sábio conselho...

Quando chegou a hora de repetir seus votos, quase perdeu sua deixa, porque estava perdido no tumulto de seus sentimentos. Sentira muita falta de ter relações íntimas com Darcy nos dias que antecederam o casamento, mas ela lhe explicara que precisava passar algum tempo sozinha com Sami.

Zafir não tinha sido capaz de discutir quando Darcy lhe disse que precisava explicar toda aquela história de casamento para Sami, e também informar à escola dele e aos seus patrões que em breve partiriam para começar uma vida nova no exterior.

À luz dos acontecimentos, Zafir concordara em se abster de qualquer intimidade até que estivessem casados. Mas sentia a falta dela.

Nos dias que antecederam o casamento, ele também esteve ocupado: ligou para a mãe, para lhe dar a notícia. Apesar de aborrecida com o rompimento do noivado do filho com Farrida, ficou extasiada quando soube que ele tinha um filho e herdeiro.

E apesar de não conhecer a mãe de seu neto, tinha concordado que Zafir deveria se casar com ela. Era a coisa certa a fazer. Zafir garantiu à mãe que conversariam melhor quando ele voltasse, e que sua nova família precisaria de algum tempo para se adaptar à nova situação, e à vida como parte da realeza. Por isso, pediu que ela não alardeasse o fato de que iria para casa com eles.

Todos precisariam de um pouco de privacidade por um tempo... Ao menos até que o casamento oficial acontecesse.

Sua segunda ligação foi para o irmão. Disse que precisavam ter uma conversa séria e Xavier respondera com uma tranquilidade incomum na voz:

– Espero por isso, meu irmão. Também tenho algumas coisas importantes para lhe dizer.

Xavier parecera quase ansioso em conversar com ele, o que fez Zafir se perguntar o motivo para tanta amabilidade.

Para a cerimônia de casamento, Zafir renunciara ao traje tradicional em favor de um smoking bem cortado, e Darcy usou um terninho clássico, cor de creme e bordado, comprado por sua mãe. Ele estava contente por não ter insistido em lhe comprar um vestido, porque pareceu importante para mãe e filha que fizessem aquilo ao seu modo. Darcy arrumou o cabelo dourado em um coque elegante, enfeitado com uma faixa delicada de cristal e pérolas, o que dava o toque final em sua aparência estonteante.

Aos olhos de Zafir, ela nunca se parecera mais com uma princesa do que naquele momento. Ele estava excitado com a perspectiva de apresentar a noiva ao seu povo quando realizassem o casamento oficial em Zachariah, e já considerava tornar o dia um feriado público, em honra da ocasião. No entanto, mais importante do que isso, mal podia esperar para apresentar seu filho e herdeiro.

Ele realmente ansiava por conhecer melhor seu garotinho. Um dia Sami seria um governante de quem todos se orgulhariam.

CAPÍTULO 9

Sentada ao lado do filho nas poltronas de veludo do jato particular, Darcy queria se beliscar para ter certeza de não estar sonhando. Certa vez, quando seu amor por Zafir ainda era recente, tinha fantasiado muitas vezes sobre ficarem juntos para sempre. No entanto, em seus momentos particulares, antes de tudo ter dado tão errado, no fundo ela sabia que não era provável que aquilo acontecesse.

Como poderia? Zafir era uma pessoa importante no mundo enquanto ela... Bem, estava a um milhão de quilômetros distante de habitar uma esfera tão elevada quanto a dele.

Teria sido mais do que doloroso contemplar uma vida sem Zafir... Algo como ser esfolada viva. E então, outra virada na história se apresentou e o destino lhe deu Sami. Mais uma vez, seu mundo foi sacudido.

E quando ela finalmente se reencontrou com Zafir, depois de tanto tempo tentando falar com ele, tendo despencado do muro de sua casa na urgência de vê-lo, a reunião agridoce deles a deixara cambaleante. Mesmo agora, Darcy ainda lutava para aceitar o modo como tudo tinha acontecido. Contemplou a aliança de ouro incrustada de diamantes em seu dedo, surpresa de que ela e Zafir estivessem casados e se dirigissem para a casa dele, em Zachariah.

– Gosto deste avião, mamãe. É legal.

– O quê? – Perdida em pensamentos, Darcy corou quando percebeu que pai e filho a observavam atentamente. – É, sim, querido. Não temos sorte de viajar assim? Nem todos são tão afortunados.

Em silêncio por um momento, o garotinho com o cabelo todo bagunçado voltou-se para Zafir.

– Você mora mesmo no deserto?

Tendo abdicado das vestes tradicionais que normalmente usava, Zafir vestia um jeans escuro que ressaltava as coxas musculosas, combinado com um suéter de casimira cor de ébano. Com qualquer tipo de roupa, aquele homem parecia sofisticado sem fazer esforço. Darcy imaginou que fosse algo no sangue dele.

Inclinando-se com um sorriso conspiratório, Zafir respondeu:

– Eu vivo, de fato... Minha família e eu temos nosso próprio reino.

– O que é isso? – Os grandes olhos castanhos de Sami estavam arregalados.

– É nosso país particular.

– Tem algum dragão lá?

Zafir deu uma risada.

– Sinto lhe dizer que não há dragões. As principais criaturas que temos são camelos e cavalos. Ainda assim é um lugar mágico, meu filho.

Frequentemente, Zafir se referia a Sami como seu filho quando falava com ele, o que fazia o coração de Darcy saltar. O garotinho rapidamente aceitara a ideia de que o sheik era seu pai e ela achou tocante que tudo tivesse acontecido tão naturalmente. Ao menos, Darcy não precisaria se preocupar com *aquele* assunto em particular.

– Ele tem uma imaginação muito fértil – disse Zafir, e seu olhar brilhante caiu sobre ela como uma carícia gentil.

– Obviamente isso vem da mãe dele.

– Ah, eu não sei... Posso afirmar que o pai de Sami não é nenhum incompetente nesse particular.

– O que é um incompetente, mamãe? – perguntou Sami, bocejando.

Ela mordeu o lábio, percebendo o brilho divertido dos olhos de Zafir.

Na primeira vez em que fizeram amor, ele lhe apresentara a arte como o homem experiente que era, garantindo que cada toque fosse especial e relevante no mágico caminho para o prazer dela, embora estivesse tão apaixonado e faminto quanto Darcy. Zafir não sabia que ela era virgem na época, mas a tratara como uma.

Ele não era, de maneira alguma, um amante egoísta. Muitas vezes, naquela noite, Zafir tinha deixado claro, por palavras *e* gestos, que não encarava o que acontecia entre ambos como algo casual. Darcy podia sentir que, para Zafir, o relacionamento deles era realmente importante, e que considerava fundamental que sua amante fosse no mínimo tratada como uma princesa.

Darcy nunca se esquecera daquela noite. Ela não pôde evitar antecipar que sua noite de núpcias seria igualmente inesquecível.

Como se pudesse ler sua mente, Zafir perguntou:

– Sente-se cansada? Foi uma semana e tanto para você, entre uma coisa e outra. Sem dúvida deve estar ansiosa para ir para a cama, não?

Sabendo que a cor de seu rosto a traía, Darcy respondeu:

– Não estou cansada, mas sei quem *está*.

Ela já podia sentir o modo como o filho pesava em seus braços e ficou contente por ele. A transição para o novo país seria um pouco mais fácil para os dois se ele dormisse um pouco.

Ao pousarem em Zachariah no começo da noite, a temperatura que encontraram era muito agradável. O ar estava saturado com os perfumes exóticos e misteriosos do deserto, e qualquer um que não fosse nativo só precisaria fechar os olhos e inspirar para se dar conta de que aquela era uma paisagem ancestral, uma terra na qual a magia e o mistério persistiam.

Esses atributos eram bênçãos indiscutíveis aos olhos de Zafir. Para ele, tão poderosos quanto a história do país.

No avião, contou a Darcy que sua mãe enviaria uma escolta para encontrá-los. Esperava que ela não se sentisse constrangida pelo procedimento que, para ele e sua família, era comum. Esse era um dos privilégios aos quais Darcy precisaria se acostumar, disse ele.

Mas Zafir havia instruído a equipe palaciana de que sua chegada não deveria ser imediatamente comunicada ao público, já que sua família tinha alguns ajustes importantes para fazer antes disso. Era uma nova situação para todos e precisavam de um tempo de adaptação.

Zafir carregou Sami escada abaixo para fora do avião, e depois voltou para ajudar a esposa. Imediatamente, pressentiu a ansiedade dela. A limusine branca que esperava por eles na pista era impressionante. Sem dúvida, uma visão assustadora para alguém não acostumado ao estilo de vida ao qual apenas uma pequena parcela da população tinha acesso. Aquela era a confirmação para Darcy de que sua vida realmente *tinha* começado a mudar para melhor.

Rashid, que viajara com eles, disse:

– Vou buscar a bagagem, Vossa Alteza.

– Obrigado, Rashid – agradeceu Zafir.

Dentro da limusine, Sami pediu para se sentar junto de uma das janelas. Ele queria olhar a paisagem.

– Pode se sentar onde quiser, Sami. Posso me sentar perto de você e responder suas perguntas, se gostar da ideia – disse Zafir.

– Vamos ver alguma pirâmide?

Zafir sorriu. Ele já estava encantado pelo filho.

– Não, Sami, não temos pirâmides neste país. Mas temos paisagens espetaculares. Esta é uma terra tão antiga quanto o tempo e sua história é memorável. – O orgulho era evidente em sua voz.

Enquanto avançavam na direção de seu lar no deserto, Zafir deixou escapar um suspiro de alívio. Sentia-se feliz em afastar-se do restante da humanidade e passar por um tempo com Darcy e Sami. Casar-se com ela e poder conhecer o filho o fez perceber que era isso o que *sempre* desejara: ter a própria família.

Mas era a presença de *Darcy* que ocupava seus pensamentos. Depois de tanto tempo separados, era bom acreditar que começava a conhecê-la de novo. Ela sempre o surpreendia. A primeira coisa que o atraiu fora sua beleza, mas Darcy era muito mais do que uma mulher bonita. Zafir descobrira que era ferozmente leal àqueles que amava, trabalhava duro, era engraçada e, com muita frequência, geniosa. Jamais haveria um momento de tédio enquanto estivessem juntos e ele seria um tolo se a menosprezasse.

Além disso, Darcy intuitivamente sabia como se apresentar, também. Para a reunião com a mãe de Zafir, ela usava um gracioso vestido longo cor de café, com uma jaqueta branca justa. O lindo cabelo estava trançado e preso ao redor da cabeça. Darcy estava arrebatadora, uma verdadeira princesa de conto de fadas, prestes a entrar em um palácio que poderia ter sido criado apenas para ela.

– Como se sente?

Quando Darcy voltou seu brilhante olhar azul para ele, seu coração se apertou, e foi como se Zafir tivesse sido lançado da Terra para a maior das alturas. Ele tinha certeza de que jamais se cansaria dela, de observá-la, de se encantar com sua presença doce e feminina. Era como um anjo que o enfeitiçara.

– Estou bem.

Houve um breve vislumbre daquele sorriso contido, e Zafir se perguntou se algum dia voltaria a merecer um olhar de confiança completa. Engoliu em seco, preocupado. Talvez isso jamais acontecesse.

– E seu tornozelo... O ferimento não a está incomodando muito hoje, está?

– Não. Está definitivamente bem, graças a Deus. E *você*? Como está se sentindo? Sei que deve ser um dia importante para você.

Arrebatado pela consideração dela, Zafir não pôde negar que merecer o interesse de Darcy o encantava. Sorriu em resposta.

– Estou bem. Por que não estaria, prestes a apresentar minha esposa e meu filho à minha mãe? Estou tão feliz com a perspectiva quanto sei que ela está.

DARCY NUNCA esqueceria sua primeira visão do palácio. A distância, parecia um castelo de gelo, brotando da terra, tão perfeito, quase irreal. Era de tirar o fôlego. Mas não estavam no Ártico, lembrou a si mesma, estavam no *deserto*. E o prédio impressionante à sua frente não era feito de gelo, mas do mármore branco mais puro.

O efeito mágico causado pela arquitetura do palácio era potencializado pelo sol poente, seus raios rosa-dourados envolvendo a construção numa luz etérea.

De cada lado deles, conforme se aproximavam, Darcy pôde ver duas fontes espetaculares de mármore, cujos jatos graciosos pareciam alcançar os céus antes de retornar. O som da água era surpreendentemente calmante e, sem esforço, as fontes criavam um oásis de calma e contemplação.

Darcy soube que gostaria de se sentar ao lado delas sozinha um dia, e pensar na incrível cadeia de eventos que a levaram até ali. Mas, por agora, de braços dados com Zafir, ficou contente em permitir que ele guiasse a ela e a Sami até a passagem ornada de mosaicos que conduzia à entrada principal do edifício.

Ainda caminhava com uma bengala para se apoiar, mas felizmente precisaria dela cada vez menos. Seu tornozelo estava se curando. Quanto a Sami, ele caminhava ao lado do pai com seu saltitar infantil de sempre, espantado com todo o esplendor à sua volta e, naquele momento, sem fala.

Havia dois guardas uniformizados à frente de um par de portas gêmeas altas e intrincadamente decoradas, que ficavam sob um impressionante arco de pedra. Ao verem Zafir, imediatamente fizeram uma reverência. Reconhecendo-os com um sorriso, ele pareceu genuinamente feliz por vê-los, perguntando a ambos sobre suas famílias e saúde.

Parecendo satisfeito com as respostas, ressaltou que estava satisfeito por estar tudo bem com os dois. Depois disso, indicou que precisava seguir em frente.

Ele disse a Darcy que ia levá-la para encontrar a mãe... A mulher à qual o povo ainda se referia como a rainha.

Apesar do nervosismo em conhecer a rainha-mãe Soraya el-Kalil, Darcy estava também muito animada. Como ela seria, e se receberia bem uma plebeia como nora.

Bem, era tarde demais agora, porque o acordo estava selado, por assim dizer. Darcy e o filho dela, o rei, já estavam casados.

Venceram a longa extensão de um corredor com chão de mármore antes de serem conduzidos por um assessor aos aposentos particulares designados à mãe do sheik.

A primeira coisa que surpreendeu Darcy foi ver como a sala de estar dos aposentos da rainha era acolhedora. Ainda que mobiliada com móveis caros e de bom gosto e decorada com suntuosos adornos árabes, não era intimidante. As muitas fotos de família espalhadas por quase todas as superfícies ajudavam a criar um clima ameno. Darcy desejou examiná-las mais de perto, porque certamente haveria ali algumas de Zafir quando garoto.

Quando resolveu se arriscar e tomar um dos porta-retratos na mão, alguém que *só poderia* ser uma rainha fez uma entrada graciosa no cômodo e interrompeu todos os seus pensamentos.

Ela usava vestes de seda cor de mármore e seu cabelo, preso em um coque sóbrio, era tão preto quanto as asas de um corvo, com uma deslumbrante mecha prateada bem na frente. O rosto era verdadeiramente bonito. Ela possuía sobrancelhas escuras e arqueadas, incríveis olhos brilhantes de ébano e seu sorriso de boas-vindas foi caloroso e doce.

Darcy sentiu-se aliviada.

– Meu filho... É tão bom vê-lo! – Acariciando o rosto de Zafir, ela ficou nas pontas dos pés e o beijou. – Creio que fizeram uma boa viagem, não fizeram?

– Fizemos, de fato. Como eu esperava, foi tudo bem.

– Isso é bom. E agora chegamos à parte importante... Você deve me apresentar à sua esposa, a mãe de meu tão esperado neto.

– Mãe... Gostaria que conhecesse minha esposa, Darcy.

– Ah, meu Deus, deixe-me olhar você, minha querida.

Ela tomou as mãos de Darcy nas suas e a examinou minuciosamente sem perder o sorriso enquanto o fazia.

– Zafir me disse que se parece com uma princesa de contos de fada, mas confesso que pensei que era apenas a opinião de um homem apaixonado. Vejo agora que estava certo. Você é maravilhosa, minha filha.

Por um momento, a mulher mais jovem não soube o que dizer. A rainha-mãe realmente acreditava que Zafir a *amava*? Quanto tempo teria antes que percebesse que Zafir só casara-se com ela por desejar ter junto de si seu filho e herdeiro?

– A senhora é muito gentil, Vossa Alteza.

– Só digo a verdade. Agradeço também por, sozinha, ter criado meu neto até que ele se reunisse com o pai. Deve ter sido muito difícil combinar o trabalho e a criação de um filho sob tais circunstâncias, não?

Corando, Darcy respondeu:

– Minha mãe foi de grande ajuda para mim e sempre fiz o melhor que pude por Sami... Afinal, ele é a luz da minha vida.

– Seja abençoada por isso, minha criança. E já que tocamos no assunto... É hora de conhecer certo jovenzinho.

Sami pulava de um pé para o outro, como se sua energia não pudesse ser contida. Mas parou quando sua nova avó se aproximou. Ela o saudou com o mesmo carinho que havia usado com o pai dele, só que dessa vez se inclinou para se aproximar.

– Estou tão feliz por conhecê-lo, pequenino. Sou a mãe de seu pai, o rei. Isto me torna a sua avó.

– Já tenho uma dessas. O nome dela é Patricia. Qual é o *seu* nome?

Soraya beijou o topo da cabeça dele com ternura e disse:

– Você pode me chamar de Nannaa. É assim que chamam alguém como eu em meu país.

– Legal... Então eu vou ter uma vovó e uma *nannaa*. Espero não confundir vocês.

– Duvido, meu filho. Você é esperto demais para isso.

Agachando-se ao lado de Sami, Zafir passou os braços em torno dele e o abraçou. Darcy sentiu um brilho de orgulho involuntário enquanto observava o par, pois Sami parecia tranquilo a respeito das mudanças em sua vida. Ele parecia até mesmo *gostar* delas.

Darcy fez uma nota mental para conversar com ele sobre seus sentimentos depois.

Soraya ficou de pé e perguntou:

– Estão com fome, ou preferem descansar um pouco antes da ceia? Se Sami estiver com fome, e não duvido que *esteja*, pedirei que tragam comida para ele, e assim posso conhecê-lo um pouquinho, enquanto vocês dois vão para seus aposentos.

Zafir virou-se para Darcy e disse:

– Você gostaria disso? Vai dar a chance de minha mãe e Sami se conhecerem melhor e terá um tempo para se recuperar da viagem.

– Se para Sami estiver tudo bem...

– Eu quero ficar aqui, mamãe, e estou com muita, *muita* fome!

– Está decidido, então.

Darcy roubou um beijo do filho antes de deixá-lo. Descansar seria bom, mas ela não podia negar que o que mais a atraía na proposta era passar um tempo a sós com Zafir.

Não ficavam a sós desde a noite de núpcias. Depois dela, ainda que permanecessem juntos em Londres, Zafir tinha negócios urgentes para terminar no banco antes de poder viajar, e ficava fora até tarde na maioria das noites.

A impossibilidade de estarem juntos tinha sido difícil de aguentar. A proximidade não era só importante para Darcy, como rapidamente se tornara *essencial*. Mas por agora ela não deixaria o pensamento assustá-la como sempre fazia. Precisava aprender a confiar que Zafir desejava essa proximidade tanto quanto ela.

Zafir foi dominado por um enorme alívio. As coisas haviam corrido de forma melhor do que esperava. A mãe já se apaixonara pelo neto e já abraçara Darcy com carinho e o coração aberto.

Agora, todos os seus sentidos estavam em estado de alerta, enquanto conduzia a esposa para sua suíte particular no palácio. Era espaçosa e fresca, e inegavelmente grandiosa. Mas enquanto fechava as portas, franziu a testa quando notou a fina camada de suor que cobria o rosto de Darcy.

– Acho que precisa deste descanso mais do que pensa – disse ele, preocupado. – Sinto muito se imaginei que já estava plenamente recuperada.

Como resposta, recebeu um olhar determinado de Darcy que lhe dizia que ela já estava juntando suas forças *e* defesas. Mas seu lábio inferior tremeu, e o ato traiu a vulnerabilidade que lutava tanto para esconder.

– Você não imaginou nada. Eu realmente sou mais forte do que pareço e me recupero rapidamente – insistiu.

Zafir sabia que era hora de agir com um pouco de tato.

– Pode ser, mas ainda acho que deveria se deitar. Isso me dará a chance de desfazer as malas e trocar estas roupas. Posso achar algo mais apropriado para você vestir, também.

Colocando a mão sob o cotovelo dela, gentilmente a conduziu na direção do quarto.

– E quando acordar, podemos falar um pouco mais sobre a nossa situação.

NÃO DEMOROU muito para que Zafir deduzisse que sua esposa sucumbira a um sono profundo. Antes de se deitar na cama com dossel, Darcy permitira que ele tirasse seus sapatos, entregando-lhe, também, seu casaco. Ele havia roubado um beijo breve e bastante contido dos lábios de Darcy e depois colocou um leve cobertor sobre ela. Suas pálpebras se fecharam na hora.

Apesar de não poder negar seu desapontamento por não poder se juntar a ela para expressar o quanto sentira a sua falta nessas últimas noites, Zafir decidiu que iria aproveitar a oportunidade para ligar para o irmão e perguntar a Xavier se poderiam se encontrar para aquela conversa há muito adiada.

CAPÍTULO 10

Darcy coçou os olhos e depois piscou para recuperar o foco. Quando viu onde estava – deitada em uma cama grandiosa com dossel, do tamanho de uma pequena sala de estar, se não maior –, seu coração se acelerou como um daqueles trens interurbanos que iam até a estação de King's Cross.

Onde estava seu marido?

Será que ele tinha considerado rude da parte dela tê-lo abandonado e ao filho tão rapidamente? Será que já havia colocado a boa vontade dele em risco ao se comportar assim? Os dois deveriam estar tão cansados quanto ela depois da longa jornada. As idas e vindas daquele turbilhão emocional com certeza esgotariam *qualquer um*.

Então Darcy se lembrou de um incidente que fez seu coração se contorcer de culpa. Zafir a beijara logo antes de ela adormecer. Darcy sabia que se tivesse lhe dado o menor encorajamento, demonstrado que estava receptiva após aquele breve roçar de lábios, ele, sem dúvida, ficaria com ela, em vez de desaparecer. Mas a verdade era que uma fadiga imensa a dominara. Foi como se todos os acontecimentos das últimas semanas cobrassem finalmente seu tributo e Darcy tivesse implorado por uma trégua.

Com um impulso, ficou em pé e acendeu o abajur com cúpula trabalhada que ficava sobre a mesinha de cabeceira, iluminando o quarto.

Ao descobrir que Zafir, cheio de cuidados, havia deixado junto da cama as sandálias baixas que ela colocara na mala, Darcy silenciosamente lhe agradeceu. Calçando-se, ajeitou o cabelo, conferiu a aparência em um espelho próximo e depois beliscou as pálidas bochechas, para restaurar um pouco da cor. Finalmente, apanhou um xale e a bengala e seguiu mancando até a porta.

A primeira coisa a fazer, decidiu, era checar como estava Sami. Rezou para que, naquele momento, ele estivesse encarando as mudanças como uma grande aventura, e não assustado ou com saudade de casa. E, tão logo fosse capaz, mandaria uma mensagem para a mãe, para tranquilizá-la a respeito da chegada deles.

Antes que sua mão alcançasse a maçaneta de bronze, ela a sentiu abrir como se fosse mágica. Era Zafir.

Ele usava calças brancas de algodão e uma camisa larga. Tinha deixado o longo cabelo solto e usava um colar de contas no pescoço, além de dois braceletes muito interessantes nos punhos. Um era feito de moedas de ouro e o outro, de fios torcidos de couro macio, preto e cor de cobre.

A despeito de não estar usando suas vestes tradicionais, Zafir ainda parecia magnífico. Quando seus olhares se encontraram, ficou feliz por sua bengala ajudá-la a ficar firme.

– Você é um colírio para os meus olhos cansados – provocou Darcy, ainda que um tanto hesitante, um pouco surpresa com o tremor em sua voz.

– É bom poder se vestir casualmente de tempos em tempos. Aonde ia?

Ao entrar no quarto, ele fechou a porta atrás de si. Sem perguntar, pegou-a pelo braço e a conduziu de volta para a sala íntima. Imediatamente, Darcy sentiu um calor invadir seu rosto. Aquilo estava se tornando sua marca registrada, pensou.

– Gostaria ver como Sami está. Não esperava dormir tanto. Sabe se ele já comeu alguma coisa? Ele deve estar sentido fome. Deus sabe que tipo de mãe você pensa que sou.

A expressão do rosto de Zafir quase fez seu coração derreter. Ele estreitou os olhos negros de forma encantadora, revelando covinhas no belo rosto bronzeado. Mais uma vez, Darcy se arrependeu por não convidá-lo a se juntar a ela mais cedo.

– Você é como a Madona em pessoa, meu anjo... Pura, abnegada e devotada ao filho. Eu me sinto abençoado por tê-la reencontrado.

– Definitivamente sabe como derreter o coração de uma garota, Vossa Alteza. – Ela sorriu mais eufórica e confiante de si do que jamais se sentira.

– Se tudo o que preciso for um sorriso e lhe dizer o quanto você é importante para mim para provocar uma resposta destas, então sou verdadeiramente abençoado, Darcy.

Examinando-o com atenção, Darcy apanhou a mão dele com leveza e perguntou:

– Então, o que você andou fazendo por aí enquanto eu dormia?

– Fui verificar Sami e ver se ele estava bem, é claro, mas parece que minha mãe já se declarou como a principal responsável por ele. Alimentou-o e agora ele está adormecido em seu novo quarto, com a rainha em pessoa observando-o de perto, para que não lhe falte nada.

Darcy franziu a testa e, de novo, sentiu-se culpada.

– Sua mãe não precisa ter todo esse trabalho. Sami está mesmo dormindo? Ele quase nunca adormece tão facilmente. Sei que dormiu pouco no avião e... Deve ser porque ele saiu de sua rotina.

Zafir assentiu.

– Ele provavelmente está bem mais receptivo e relaxado quanto à situação do que imaginamos. É um garoto de 4 anos, lembre-se, que subitamente se viu no equivalente à terra das maravilhas.

– Você está certo. Acho que me preocupo demais. Mas, tirando isso, o que mais fez depois que dormi?

Colocando uma mecha de cabelo atrás da orelha, Zafir respondeu:

– Estive planejando um encontro com meu irmão, Xavier, para amanhã. Não nos encontramos há algum tempo, lamento dizer.

– Quer me contar o motivo?

– Acho que provavelmente pode adivinhar.

– Quer dizer que não estava totalmente convencido de que não tivemos um caso? E acha agora que pode ter cometido um erro e isso o levou a repensar tudo o que fez?

Virando a palma de sua mão delicada para examiná-la, Zafir disse, com a voz rouca:

– Isso, e o fato de eu ter me encontrado com uma das secretárias do banco, Jane Maddox, antes de partirmos. Você se lembra dela, não?

Darcy assentiu.

– É claro que me lembro. Jane não gostou de mim desde meu primeiro dia no banco.

– É porque ela é uma mulher amarga e invejosa, como acabei por descobrir. De propósito, ela não me contou sobre suas mensagens. E agora sei que ordenou às colegas que fizessem o mesmo. Não me restam dúvidas. Se ela pôde fazer isso, o que então a impediria de mentir sobre você ter um caso com meu irmão? De qualquer modo, eu me livrei dela. E quando Xavier e eu nos encontrarmos amanhã, vou conhecer toda a história.

– Realmente a despediu?

– É a prerrogativa de ser o dono do banco.

– Então vai perguntar a Xavier de novo o que realmente aconteceu, é isso? E o que fará se descobrir que ele mentiu para você?

– Não vamos nos preocupar com isso. Não agora. Já fiz meus votos para você, Darcy, e isto não vai mudar. Meu filho e eu estamos juntos, e isso significa tudo para mim.

– Eu sei.

– Não fique tão triste. Tudo vai acabar bem, tenho certeza. Nesse meio-tempo, minha mãe gostaria que eu dissesse a você o quanto está animada com o casamento e que, com sua aprovação, é claro, ela vai organizá-lo.

– Isso é... Isso é ótimo da parte dela. Você sabe quando vai ser?

Ele suspirou.

– Estamos esperando que seja no começo da próxima semana. Isso me dará a oportunidade de declarar o dia como feriado. Você acha que sua mãe gostaria de voar até aqui e se juntar a nós? Sei que ela esteve na cerimônia em Londres, e disse que não se importaria de não poder vir à cerimônia em meu país, mas talvez só estivesse sendo educada. Posso organizar a viagem dela rapidamente se você quiser. O que acha?

– Vou ligar para ela. Posso perguntar se realmente gostaria de vir, então. E quanto ao que Sami e eu vamos vestir? *Nossas* roupas precisam ser os trajes tradicionais?

– Como será um casamento real, então, é claro que sim. Você está com fome?

– O quê?

Quando Zafir a encarou com olhos famintos, como se *ela* fosse o jantar dele, Darcy mal pôde pensar direito, quanto mais responder com um simples sim ou não. Zafir aproximou-se e tocou o rosto dela com ternura.

– Perguntei se está com fome. Vamos cear em breve, e preciso saber se deseja alguma coisa em particular.

Umedecendo os lábios, Darcy encarou-o com seus encantadores olhos azuis.

– Comerei o que quer que todos comam. Não tenho preferência alguma.

Aquilo o fez rir.

– Minha nossa... Quando foi que ficou tão fácil de ser satisfeita?

– Isto não me torna uma pessoa fácil, se é isso que acha. Só quero tornar a vida mais fácil para as outras pessoas.

– E quanto a tornar a vida mais fácil para *você*? Ah, sim, tenho outra pergunta. Quer tomar um banho e se refrescar antes de irmos comer?

– Seria ótimo. Quanto tempo tenho?

– Leve quanto tempo quiser. Sei que uma dama não gosta de ser apressada.

– Ah, que bom. Mostre-me onde estão minhas coisas e farei isso.

Os irmãos se encontraram no escritório que Zafir mantinha em seus aposentos.

Xavier parecia feliz e animado. Ainda assim, quando Zafir indicou que gostaria de discutir certos eventos difíceis do passado, pareceu ficar bastante desconfortável.

– Há algo em particular que eu gostaria de esclarecer. Mentiu para mim naquele dia sobre o que você e Darcy estavam fazendo quando os flagrei em meu escritório? Tentou forçá-la a fazer alguma coisa? Se foi isso o que aconteceu e tentou me fazer acreditar que tinham um caso, que diabos o possuiu, Xavier? Talvez tenha pensado que eu precisava levar uma facada ou duas de meu próprio irmão? Tem *alguma* ideia de todos os problemas que seu comportamento irresponsável e cruel me trouxe?

Corando e parecendo culpado, Xavier disse:

– Não fiz nada daquilo deliberadamente para fazê-lo sofrer, Zafir. Eu era um sujeito ganancioso e imaturo e minhas ações demonstraram isso. O que aconteceu naquela época tem sido um fardo pesado para mim há um longo tempo. Estou muito contente por ter a chance de esclarecer tudo e consertar as coisas entre nós. – Ajeitando-se na poltrona, Xavier passou a mão em sua testa, que suava.

– Sua secretária, Darcy, era a mulher mais bonita que eu já tinha visto. Quando ela não demonstrou por mim o mesmo interesse que eu tinha por ela, feriu meu ego. Encarei como um insulto pessoal. Quem ela pensava que era, recusando as atenções do irmão do sheik de Zachariah em pessoa? Sabendo que você a havia tornado sua assistente pessoal, fiquei corroído de ciúme e uma névoa vermelha se abateu sobre mim. Como ela *ousava* me dar as costas? Como o garoto vaidoso e inseguro que era, decidi me vingar ao fazer parecer que era *ela* que andava por todo canto *me* perseguindo. Fiquei de olho na porta e preparei a cena para que você nos flagrasse em uma situação comprometedora. Não lhe dei oportunidade para se defender. Então, sim, eu a *forcei*. Não a machuquei, mas a verdade é que... Sei que meu comportamento foi desprezível – explicou Xavier.

– E acha que eu não sei o que fiz? Eu me senti verdadeiramente envergonhado de minhas ações quando a despediu. Nunca desejei que você ou nossa família pensassem mal de mim, mas fiquei honestamente feliz quando você por fim me mandou voltar para casa. Retornar a Zachariah me deu a oportunidade que eu precisava para voltar à realidade.

Respirando fundo, Xavier continuou:

– Será que algum dia você poderá encontrar o perdão em seu coração? Sou uma pessoa diferente agora. Gosto de pensar que sou uma pessoa *melhor*. Jamais faria algo semelhante, nem em um milhão de anos. Sabe que estou casado, que tenho uma linda filhinha. Sou um homem absolutamente dedicado à minha esposa e família e temo que as consequências de meus atos impensados venham a abalar essa felicidade. Não posso colocar de maneira mais clara. Minha vida está em suas mãos, meu irmão. Nossa mãe me disse que vai se casar e que sua noiva é da Inglaterra. Posso saber o nome dela?

Zafir não respondeu imediatamente. O cabelo brilhante de Xavier caiu em sua testa e ele o afastou, com impaciência.

Cruzando as mãos no colo, Zafir endireitou os ombros formidáveis. Seus olhos escuros brilharam.

– Acho que já sabe o nome dela. É Darcy. A mulher que eu despedi por sua causa.

Xavier estava visivelmente chocado.

– Você está falando sério?

Os assustadores olhos negros de Zafir o encararam.

– Eu não brincaria com um assunto tão importante. Tenho um filho com ela, Xavier. Darcy estava grávida quando a despedi e, acredite em mim... Ninguém no mundo poderia estar mais arrependido por tudo o que aconteceu do que eu. Não apenas ela teve meu filho sem meu apoio, o que já seria ruim o suficiente, como eu me comportei de forma absolutamente abominável em todo o processo.

– Que Alá possa me perdoar... Isso não é nada menos que um pesadelo.

Levantando-se, Zafir balançou a cabeça.

– Seria para mim também, se eu não tivesse a presença de espírito de me casar com ela em Londres antes de voltarmos para casa. Tendo o coração que tem, Darcy decidiu não mais me manter afastado de meu filho e me procurou para me contar tudo. Mas ainda me envergonha que eu a tenha feito sofrer tão desnecessariamente e por tanto tempo.

– Mal posso crer que você tem um filho com essa mulher!

– O nome dele é Sami.

– E... E você se *casou* com Darcy? Isso significa que ainda tem sentimentos por ela?

A impaciência brilhou nos olhos de Zafir.

– O que *você* acha, Xavier? *É claro* que tenho sentimentos por ela. Eu... Bem, não importa. E eu o aconselho fortemente a não falar sobre o que aconteceu com ninguém, a não ser comigo.

Xavier também se levantou, parecendo consternado. Seu tom de voz estava sério quando admitiu:

– Cometi um grande erro, meu rei. Se quiser me banir do reino pelo resto de minha vida, não poderia culpá-lo. Sua esposa deve verdadeiramente me desprezar.

– Não acho que ela traga esse sentimento em seu coração a respeito de *ninguém*. Seu perdão parece não conhecer limites, ainda que isso às vezes a faça sofrer, sinto dizer.

– E quanto a *você*? Poderá algum dia me perdoar pelo que fiz?

Suspirando profundamente, Zafir assumiu uma expressão grave.

– Pensei nisso por muito tempo. A exemplo de Darcy, sinto que deveria ao menos *tentar*. Não é desculpa, mas você era jovem, e muito, muito idiota. Mas, como disse minha esposa, quero que saiba que eu não sou fácil. Se me atacar, verbalmente ou de qualquer outra maneira de novo, vou me defender de todas as formas que considerar necessárias. Pode me chamar de tolo, mas estou lhe dando mais uma chance de fazer as coisas do jeito apropriado. De agora em diante, não quero mais mentiras ou traições. Se você se comportar de forma pouco honrada *por mais uma vez que seja*, esteja certo de que vou cortá-lo da minha vida para sempre.

Aceitando a repreensão e as condições de Zafir, Xavier aproximou-se dele e, sem hesitação, abraçou-o com força.

– Estou realmente agradecido por esta chance. Não vou desapontá-lo novamente por atos ou palavras, eu juro. De agora em diante, só vai ouvir louvores de meus lábios.

Com um sorriso, Zafir afastou-o um pouco, depois colocou as mãos nos ombros dele.

– Gosto de pensar que não sou tão egoísta a ponto de exigir *louvores* daqueles que amo. Mas um pouco de respeito não seria nada mal...

O CORPO dela ainda estava sensível, depois de todo o amor que experimentara na noite anterior. Zafir tinha sido carinhoso e atencioso, mas ainda assim, incrivelmente apaixonado.

Nas primeiras horas do que prometia ser mais um dia perfeitamente ensolarado, com seu espírito elevado e seu coração mais cheio de esperança do que nunca, Darcy tomou banho e se vestiu.

Zafir tinha ido para seu encontro com Xavier, e ela foi se encontrar com Sami e sua sogra. Tentou não pensar muito no que poderia acontecer entre os dois irmãos, mas estava cheia de esperança que tudo corresse bem.

As duas mulheres e Sami tomaram café da manhã juntos, conversando amigavelmente. O laço que já se formava entre o garotinho e a graciosa matriarca ficava cada vez mais evidente.

Por volta de meio-dia, Zafir ainda não havia retornado, e Darcy caminhava inquieta pelos belos jardins do palácio. Ao seu lado, conversando sobre isso e aquilo, Sami e a rainha-mãe pareciam quase esquecidos de que ela estava ali.

Assim que pôde se afastar sem parecer rude, Darcy foi se sentar no banco que ficava em frente às fontes. Nos primeiros momentos, pareceu cair em uma espécie de sonho. Então, ela se deu uma sacudidela mental. Tudo em que realmente queria pensar era no marido. Era como se seus sentimentos por Zafir não conhecessem limites.

As incríveis cenas de amor entre eles na noite anterior a haviam deixado se sentindo especialmente feminina e satisfeita, e Darcy imaginou quanto tempo passaria antes de poderem estar jutos daquela forma novamente. Dúvida e aprecensão tinham finalmente se dispersado, e agora ela se sentia leve e cheia de felicidade. Zafir não lhe dissera ainda que a amava, mas às vezes as intenções amorosas podiam ser tão poderosas quanto as palavras. Isso era fácil de ser observado na forma cuidadosa e gentil com a qual ele a ajudara a tomar banho, tratando-a como se não quisesse nada além de atender cada necessidade dela.

Darcy estava usando o *kaftan* amarelo vistoso com o qual a mãe a presenteara, com um capuz de seda com a borda de ouro, para proteger sua pele pálida do sol, e quando Zafir por fim a encontrou, pensou que ela estava adorável. O coração dele doeu quando a viu e soube que desejava fazê-la se sentir a mulher mais adorada e feliz do mundo.

Qualquer hesitação prévia que Zafir pudesse ter sentido, temendo que os sentimentos dela não fossem tão fortes quanto os dele, tinham desaparecido como as agourentas nuvens negras que pressagiavam uma tempestade. Durante o difícil encontro dele com Xavier naquela manhã, o testemunho franco de seu irmão ajudara a Zafir a ficar em paz e lembrar-se de tudo o que era bom e significativo em sua vida.

Parado silenciosamente atrás da esposa acomodada no banco junto à fonte, gentilmente afastou o capuz de seda que se acomodava sobre o ombro dela e plantou um beijo carinhoso na lateral de seu pescoço. Inspirando o perfume delicioso, desejou demonstrar seus sentimentos mais livremente.

– Hum... Isto foi tão bom.

– Você está de volta.

Darcy sorriu, cheia de alegria, e quando Zafir deu a volta no banco para encará-la, ficou muito feliz em vê-lo. Parecia que não se passava um único momento sem que seu desejo em vê-lo a fizesse sentir-se impaciente.

Como que sintonizado a cada desejo de Darcy, ele se sentou ao lado dela.

– Então... Como foi a reunião com Xavier? Ele lhe contou a verdade sobre o que houve naquele dia?

Parecendo mais sério que o usual, Zafir assentiu.

– Sim... Ele contou. O que posso dizer? Fiquei chocado ao perceber que fui tão crédulo, tão facilmente enganado. Por mais que eu faça por você e por Sami no futuro, nunca será o bastante para me redimir de meu comportamento idiota. Permiti que o amor se fosse de minha vida porque meu irmão mais novo me cegou para a verdade, ainda que, em meu coração, eu suspeitasse que ele pudesse estar mentindo. Você pode me perdoar por fazê-la sofrer tanto?

– Não fez de propósito, Zafir. – Darcy acariciou o rosto dele com delicadeza. – Não acho que nenhum de nós esperava que nossos sentimentos crescessem tanto quanto cresceram e talvez o poder deles tenha nos tornado incapazes de ver o que acontecia à nossa volta.

– Você se inclui de forma não egoísta nesse cenário quando, na verdade, foi vítima de tudo o que aconteceu. – Zafir franziu a testa. – Onde aprendeu a ser tão desprendida?

Erguendo os ombros delicados, Darcy refletiu:

– Suponho que, se tenho tal qualidade, deve ter vindo do meu pai.

– Não tive a sorte de conhecê-lo, mas acredito que o admiraria imensamente.

– E ele a você, Zafir. Ele não ficava impressionado pela riqueza ou por cargos, mas conhecia um homem verdadeiramente *bom* quando encontrava um. E seu pai? Você me disse que gostava muito dele, não é?

Suspirando, Zafir tomou a mão dela.

– Era minha rocha e meu mentor, bem como meu pai e meu rei. Viveu a vida dando o exemplo de como era ter caráter e viver amparado por valores sólidos e um código de ética no qual nosso povo ainda se espelha. Eles não só o admiravam, mas também queriam refletir seus valores em suas vidas e mostrar ao resto do mundo que era possível viver em harmonia.

– E ele conseguiu isso?

Zafir deu um sorriso gentil.

– Gosto de pensar que chegou perto. Sempre haverá guerras e divergência no mundo, mas ele não deixou que isso o impedisse de fazer seu melhor para ser um pacificador. Sou mais brigão e cedo à raiva mais facilmente do que ele.

– Mas aposto que ele via qualidades em você e que tinha imenso orgulho de seus feitos. E também aposto que o amava acima de tudo, não?

Rindo, Zafir inclinou-se e a beijou na boca.

– Você já deve saber agora que sempre me impressionou, Darcy. Não apenas por sua beleza e graça, mas por ser quem você *é*... desde o primeiro instante em que a vi, no dia em que se tornou minha assistente, e durante nosso caso. Até mesmo depois que, daquela forma irresponsável, eu a mandei embora, sempre soube que jamais encontraria outra mulher como você.

– Não deve me dizer coisas assim. Vai me deixar convencida, achando que posso virar a cabeça de um *rei*.

– O quê? Quer dizer que saber disso poderia torná-la *insuportável*?

– Não, nada disso, Zafir. Só desejo que *você* realmente acredite ter tomado uma decisão sábia quando me escolheu como esposa. Se eu souber que é assim que se sente, serei tão dócil e doce quanto você puder desejar.

– Nunca! – Ele riu. – Se começar a agir assim, não será mais a mulher exuberante e sexy pela qual me apaixonei.

A expressão de Darcy se fixou em algum lugar entre a esperança e o deleite, e ela passou os braços esguios em volta do pescoço dele e o cobriu de beijos no rosto.

– Estou feliz em saber que gosta de mim como sou e não quer que eu mude. Em retorno, quero que saiba que absolutamente adoro você e nosso filho. Se puder viver com vocês dois pelo resto da vida, então vou me considerar mais do que abençoada.

– Eu faço eco a essa declaração, minha rainha. Agora, acha que podemos escapar para nossa suíte? Sami parece estar muito contente por poder passar um tempo com a avó. Acho que ele não sentirá a nossa falta.

– Alguém já lhe disse que você é uma *péssima* influência?

Ela deu um gritinho quando ele impetuosamente a ergueu nos braços e, sem hesitação, carregou-a pelo caminho de mosaicos que levava aos aposentos deles.

No caminho, os guardas viram o casal e sussurraram o que ela esperava que fosse algo elogioso, até mesmo invejoso, entredentes.

Darcy sorriu como um gato que ganhou um pires de leite.

CAPÍTULO 11

– MAMÃE, VOCÊ está sorrindo porque papai faz você feliz?

Na enorme sala elegante na qual Zafir lhe designara uma bela mesa para escrever e responder cartas, Darcy suspirou satisfeita e estendeu a mão para pegar seu menininho no colo. Ele era um pacote quentinho de carne, ossos e pura delícia, pensou ela com afeto enquanto pressionava os lábios contra a nuca dele.

Ela o amava acima de qualquer coisa.

– Sim, seu pai me faz feliz – concordou Darcy. – E você também me faz muito feliz. Adoro vocês dois mais do que as palavras podem explicar. Mas sempre haverá um lugar muito especial no meu coração só para você, Sami.

O menino de cabelo encaracolado sorriu.

– Eu gosto quando fala comigo assim... toda carinhosa.

Bagunçando o cabelo dele, Darcy riu.

– Ora, mas você está me saindo um romântico!

– O que é um pajem, mamãe? É isso que vou fazer no casamento, não é?

A simples menção do casamento foi o suficiente para deixar Darcy nervosa. Ela mal podia acreditar que o grande dia tinha finalmente chegado.

Nos últimos dias, as providências envolvendo o vestido de noiva, a etiqueta real, a joia sofisticada que tradicionalmente era presenteada à noiva do sheik, bem como a leitura da lista de convidados, consumiram Darcy. Apesar de ela não conhecer a maioria, sua sogra assegurara que tinham sido convidadas não apenas pessoas ilustres, mas também muitos cidadãos comuns e que não havia nada para Darcy se preocupar. Ela estaria lá para dirigi-la bem.

Era fácil para *ela* dizer aquilo. A glamourosa rainha viera de um mundo privilegiado, mas sua nora tinha outra história de vida. Darcy estava determinada a manter os pés no chão e a fazer as coisas de seu jeito.

Quanto a Zafir, ele estivera tão ocupado quanto ela. Provavelmente ainda mais. Estava envolvido não apenas com os preparativos para o casamento, mas também preocupado em visitar todos os desfavorecidos e doentes que pudesse confortar antes da cerimônia. Além disso, claro, também se mantinha informado sobre o que estava acontecendo com seus negócios em Londres e Nova York.

Quando Darcy perguntou se poderia ajudá-lo, acompanhando-o em suas visitas, ele lhe dissera que, pela tradição, a noiva não deveria ser vista em público até o casamento. Frustrada, Darcy consolou-se com o fato de que no dia seguinte teria sua noite de núpcias oficial, e seus convidados dificilmente poderiam reclamar se a noiva e noivo se ausentassem cedo para ir para seus aposentos.

– Um pajem é a pessoa que leva as alianças para a noiva e o noivo, entende? Um pajem parece o personagem de uma dessas histórias fantásticas que você tanto adora. Em todo caso, acho que ficará lindo com suas roupas novas.

– *Você* me acharia lindo de qualquer jeito, mamãe.

– Seu pai também... E a vovó Soraya e a vovó Patricia também.

Satisfeito, mas um pouco embaraçado por toda a atenção que estava recebendo de repente, Sami pulou do colo de sua mãe e correu para a porta gritando:

– Vou jogar futebol com Rashid. Estarei no jardim!

Acenando de forma relutante, Darcy ainda disse:

– Está bem, trate de se comportar... E tenha *cuidado*. Não quero que se machuque antes do casamento.

– Vou tomar cuidado, mamãe – disse ele.

– ESTA REUNIÃO antes do casamento foi ideia sua ou de sua mãe?

Sorrindo para a bela mulher com quem já havia se casado em Londres, o sheik Zafir el-Kalil de Zachariah descobriu que ainda lutava com o desejo possessivo de tomá-la e levá-la a algum lugar onde pudessem ficar sozinhos.

Empurrando-a com delicadeza para um canto discreto da vasta sala já repleta, ele pousou a mão na cintura dela, percebendo que o azul lápis-lazúli do encantador vestido que Darcy usava iluminava seus belos olhos azuis.

– Foi ideia da minha mãe e eu não quis dizer não. Ela esperou muito tempo para me casar *e* me ver ter um herdeiro. Ajudá-la a celebrar é o mínimo que podia fazer.

– Então, como se não bastassem todas as providências necessárias até o casamento, você encontrou tempo de ser a estrela da recepção da sua mãe?

– Ora, mas não estarei sozinho. Estas pessoas estão também aqui para *vê-la*, Darcy. Mas não me ressinto de meu papel: as pessoas querem me ver e eu quero que todos fiquem felizes hoje.

Darcy fez uma careta.

– Deve ser uma expectativa difícil de cumprir essa de garantir que as necessidades de todos os outros sejam atendidas e, ainda assim, ter tempo para desfrutar as comemorações, não?

– Meu pai me ensinou, desde muito jovem, que minha posição era acima de tudo um privilégio e que eu deveria cuidar de nosso povo, não apenas visitando quando pudesse aqueles que enfrentavam dificuldades, mas também sendo um exemplo, agindo com correção, segundo os mais altos valores morais. Ele me disse que isso seria uma grande parte do meu papel como líder do país.

– Você parece tão sisudo de repente. Será que não está levando tudo isto um pouco mais a sério do que deveria?

Em resposta, Zafir puxou Darcy para junto de seu peito, envolvendo-a em seus braços, sem se importar com quem poderia estar observando.

– Ora, é um compromisso muito sério ser o chefe de Estado, mas definitivamente tem suas compensações.

Impotente para fazer qualquer outra coisa que não fosse concordar, Darcy acariciou o rosto dele.

– Ah, é mesmo? E quais seriam?

– Espere até estarmos sozinhos e vou lhe mostrar.

* * *

TINHA SIDO um dia longo e cansativo, repleto de toda sorte de emoções e talvez com mais champanhe do que o razoável... Só Deus sabia como ela suportaria a dor de cabeça no dia seguinte, pensou Darcy, quando um criado entregou uma nota a Zafir.

Estavam juntos em um dos jardins internos do palácio, onde todo tipo de aroma exótico permeava o ar. A maioria dos convidados já tinha ido embora.

Antes de ir para a cama, decidiu dar um beijo de boa-noite em Sami. Mas agora o brilho da lua cheia envolvia o mundo em sua magia e ela resolveu ficar um pouco mais ali, pensando em como era feliz.

– Obrigado, Amir. Vou cuidar disso.

Quando voltou sua atenção para a esposa, ficou claro que Zafir estava perturbado com o conteúdo da nota.

– Zafir, o que foi?

Enfiando o bilhete no bolso de sua veste, ele respondeu:

– Apenas uma antiga amizade, uma pessoa com quem fiz e desfiz acordos que deseja me cumprimentar rapidamente. Vá para a cama, meu bem, eu já vou também.

O tom casual que Zafir adotara parecia destinado a tranquilizá-la. Mas, já não tão encantada com o brilho prateado que iluminava o céu escuro, Darcy sentiu-se desapontada por não ter podido ficar ali com seu marido.

Ela aceitou o beijo que Zafir lhe deu no rosto e respondeu:

– Vejo você mais tarde, então.

– Vai ser "*mais cedo*" do que "mais tarde", meu anjo. Isto é uma promessa.

Ainda assim, Darcy sentiu-se inquieta ao vê-lo se afastar. Seu vulto alto, de ombros largos, foi rapidamente engolido pelas sombras escuras. De braços cruzados, ela se deixou ficar mais alguns instante ali, inspirando os aromas do jardim e contemplando o que o futuro deles poderia trazer.

Perdida em suas reflexões, Darcy foi alcançada pelo som de uma voz feminina e sensual. Podia ter vindo de qualquer lugar, até de além das lanternas cintilantes que haviam guiado seu caminho com a luminosidade da lua. Mas as palavras que ouvia fizeram com que Darcy congelasse por um instante.

– Eu *precisava* vê-lo a sós, Zafir. Queria dizer que cometi o erro mais terrível quando concordei em deixá-lo ir. Nosso relacionamento significou muito mais para mim do que eu acreditava. Nunca foi apenas um arranjo conveniente. Estive apaixonada por você todo o tempo, meu querido.

– *O quê?*

– Sim, eu estou apaixonada por você... Não percebe isto? Sabe que não viria procurá-lo se não acreditasse em uma possibilidade de que você também se sentisse assim. Será que alguma coisa pode ser feita para desmarcar seu casamento, para que possamos ficar juntos como nossas famílias sempre desejaram?

A voz de Zafir soou impaciente.

– Farrida, você é inacreditável. Está dizendo que me ama?

Darcy não quis ouvir mais coisa alguma. Sentia-se como uma folhinha, indefesa, sendo levada pelo vento.

Ainda mancando, fugiu o mais rápido que pôde, sem saber para onde estava indo. Sua única certeza era que precisava fugir. O impulso de escapar, de se mover o mais rápido possível para longe daquela cena e se recompor nunca tinha sido tão forte.

Sem fôlego e cansada, diminuiu o passo. Mesmo sem aquela dor lancinante para distraí-la, seria fácil perder-se naqueles jardins. Em desespero, tropeçou em um arbusto, mas ao cair só conseguia pensar no que acabara de ouvir.

Será que Zafir realmente se importava com ela? Será que a enganara só para ficar perto do filho? Planejava levá-lo para longe dela?

Darcy não se deu conta de que chorava até sentir as lágrimas correndo por seu rosto e pingando no vestido. Mas ainda que se sentisse desamparada e só, decidiu não permitir que a intimidassem. Talvez não tivesse a riqueza e as conexões importantes de Farrida, talvez não fosse amiga de Zafir desde criança, mas não desistiria de seu filho, e nenhuma ameaça no mundo mudaria isso. Lutaria pelo que era certo, apesar de tudo.

De alguma forma, em meio à torrente de emoção violenta que a tomou, uma sensação de calma e propósito se instalou em seu peito. O impulso foi mais forte do que poderia parecer e suprimiu o desejo de fugir. E por mais incrível que fosse, Darcy tinha voltado a pensar de forma mais clara.

Seria *realmente* possível que um homem fingisse estar tão enamorado dela e tratá-la como se fosse a estrela mais brilhante em sua galáxia, estando apaixonado por outra pessoa? Bem, acontecesse o que acontecesse, ela lutaria por seu homem; ele era o amor de sua vida e o pai de seu filho.

Talvez Farrida tivesse decidido, de última hora, que amava Zafir, mas uma coisa era certa: Darcy o amava mais.

Ser chamado por Farrida para ouvi-la dizer que sempre o amara e, em seguida, exigir que terminasse seu compromisso com Darcy para que ficassem juntos era uma demonstração da forma arrogante como ela se conduzia na vida.

Aquele comportamento só provava a Zafir como Farrida era mimada. Ela não podia suportar não ter suas exigências, por mais absurdas que fossem, atendidas no momento em que *desejasse*.

Zafir se deu conta de que havia se livrado de um péssimo relacionamento.

Depois de colocá-la em seu devido lugar, explicando que Darcy tinha sido a melhor coisa que lhe acontecera na vida e que ela já era sua esposa, quase sentiu pena quando Farrida irrompeu em lágrimas, dizendo que ele a traíra. Tratou de chamar seu motorista para que a levasse embora dali o mais rápido que pôde.

Aquele episódio desagradável o deixara ainda mais ansioso por voltar para os braços de Darcy. Ela queria ver a lua com ele e a deixara para encontrar Farrida. Agora tudo o que desejava era estar com Darcy de novo.

Ao retornar aos seus aposentos, e descobrir que Darcy não estava lá, ficou imediatamente preocupado. Sua mãe e Sami tinham ido para a cama, então presumiu que Darcy não estava com eles. Perguntou aos funcionários que ainda transitavam por ali se a tinham visto e um dos faxineiros disse que ela estava caminhando sozinha pelos jardins.

Em que diabos Darcy estava pensando?

Sem sequer pensar em levar alguém para ajudá-lo, dirigiu-se para os escuros jardins, confiante de que conhecia as trilhas o suficiente para procurá-la sozinho.

Mas depois de uma hora sem conseguir encontrá-la, Zafir sabia que deveria voltar e procurar pelo palácio. Antes de qualquer outra coisa, resolveu verificar, cheio de esperança, nos aposentos deles. Talvez Darcy, de alguma forma, tivesse achado o caminho de volta.

ALIVIADA POR ter encontrado o caminho para sair dos jardins, Darcy voltou para sua luxuosa suíte, despiu-se e vestiu uma camisola de seda e um robe. Depois disso, foi até o quarto do filho.

O menino havia se recusado a compartilhar o quarto com a avó, dizendo não ser mais um bebê.

O fato enchera Zafir de orgulho: seu homenzinho estava crescendo.

Mas Darcy se entristeceu. Não queria que seu menino crescesse cedo demais.

Sami dormia profundamente. Darcy tirou o robe e, puxando as cobertas, aconchegou-se ao lado dele.

Poucos segundos depois, sentiu que seus olhos começavam a se fechar. Outro momento se passou e o sono estendeu a mão para abraçá-la.

Pouco antes de conseguir adormecer, um rosto assustadoramente belo surgiu em sua mente sem que ela esperasse. Era Zafir.

– Por que teve que ir até ela? – gemeu Darcy, baixinho. – Não sou o suficiente para você?

Lembrando-se de sua decisão, afastou a ideia de que ele havia se encantado pela declaração de amor de Farrida e lembrou-se de todas as coisas que *tinha* e que a outra mulher não possuía, especialmente o belo filho que o amor deles gerara.

ZAFIR FICOU chocado e angustiado ao descobrir que Darcy não estava no quarto.

– Ela deveria estar na cama – disse em voz alta, seu coração batendo descontrolado. – Onde ela está?

Aquele era só mais um motivo de estresse em uma noite que se tornara tensa com a visita da ex-noiva, a quem dissera que não queria tornar a ver, pelo menos não em situação semelhante.

Havia apenas *uma* mulher que importava para ele: Darcy. E ele gritaria seus sentimentos por ela para que *o mundo* ouvisse.

Como se atingido de repente por um raio de luz, Zafir soube *exatamente* onde encontrar a esposa.

Parado na porta do quarto do filho, ele viu o brilho dourado do cabelo de Darcy derramando-se sobre seus ombros. Viu também os cachos de Sami. Ainda o emocionava lembrar-se de que aquele lindo menino era dele, e que um dia reinaria sobre Zachariah como seus ancestrais haviam orgulhosamente feito antes dele.

Atravessando o quarto na direção da cama, Zafir inclinou-se sobre a esposa para acordá-la com delicadeza. Sua pele irradiava calor e suavidade mesmo antes de tocá-la, o que o fez querer deitar-se ao lado dela. Mas, sabendo que só isso não o satisfaria, sussurrou o nome dela e roçou os lábios contra seu rosto.

– Darcy? Onde estava? Deixe-me levá-la de volta para a nossa cama. Eu não queria ficar longe de você por tanto tempo.

Ela abriu os grandes olhos azuis.

– Você voltou? Não se preocupe em me levar para a cama. Estou feliz em ficar aqui.

– Mas eu *não*. Vou levá-la de volta para onde você pertence.

Sem dar a ela chance de retrucar, Zafir estendeu a mão e afastou as cobertas, puxando-a para junto de seu peito. Em seguida, arrumou as cobertas em torno de Sami.

Sem dizer mais coisa alguma, carregou-a para o quarto deles. Quando chegaram lá, incapaz de se controlar, manteve as mãos sobre ela, mesmo depois de colocá-la na cama.

– Por que não me esperou aqui? Um dos funcionários me disse que você foi vista nos jardins. O que aconteceu? Por que fugiu?

– Eu não esperei por você aqui porque sabia que estava falando com Farrida.

– Você nos ouviu? Não a procurei, se é isso que pensa. Ela apareceu sem aviso prévio e disse que precisava falar comigo.

– Então por que me disse que era um *sócio*? Que tipo de negócio tinha com ela?

– Não tínhamos *negócio* algum. Ela não aceitou bem o fim de nosso noivado, Darcy, e me procurou quando soube que eu estava de volta a Zachariah. Serei punido por você pelo resto da minha vida porque tive um breve compromisso com Farrida?

– Ela lhe disse que o amava.

– Você a ouviu dizer isso?

Darcy assentiu.

– Então me ouviu dizer que aquilo era inacreditável. E eu nunca, por palavras ou ações, deixei transparecer que fosse recíproco, sabe disso, não? Você me ouviu dizer que eu jamais cancelaria nosso casamento? Se eu já não soubesse, toda essa situação só serviu para me mostrar como ela é arrogante.

– Farrida parecia chateada.

– Esqueça-se dela. Você é tudo para mim. Você e *só* você. Fiquei louco quando pensei que poderia ter fugido.

A EXPRESSÃO em seu rosto refletia medo e desespero, e aquilo fez eco na dor que Darcy um dia sentira. Zafir tinha sido muito magoado, preso entre a lealdade que tinha pelo irmão e por um futuro desconhecido com uma mulher que, apesar de ser sua amante, ainda não lhe provara que jamais mentiria para ele.

Ambos tinham sido testados. E Darcy, certamente, não queria guardar mais ressentimento por ele em seu coração.

– Por que eu fugiria de você, Zafir? Meu lar é aqui, com você e Sami. Seria uma tola se fugisse do desejo do meu coração. Além disso... Estou cansada de fugir. Não importa o que aconteça, pretendo estar aqui para você, nos dias bons, nos dias ruins. Não foi isso que prometemos quando nos casamos?

Zafir estava visivelmente emocionado com suas palavras sinceras.

– Quase não me sinto merecedor de ser alvo de tal devoção... Não quando causei tanta tristeza a você. Gostaria de poder reescrever o passado e fazer com que tudo voltasse ao que era quando nos conhecemos. A vida parecia tão cheia de promessas, então. Agora, porém, depois ouvi-la dizer como se sente ao meu respeito, saiba que irei valorizar seus sentimentos a cada instante. Sempre me lembrarei que mudou minha vida. Na primeira vez que fizemos amor, percebi que meu coração não era impenetrável, afinal de contas.

Sem hesitar, Darcy passou os braços pelo pescoço dele, e sorriu para os olhos de ébano que ela amava além do imaginável. Com ternura, perguntou:

– Está dizendo que derrubei aquelas barreiras instransponíveis logo da primeira vez?

– O que *você* acha?

– Eu acho que o amor é como um milagre. E que, não importa o que aconteça, ele nunca pode ser encarado como um castigo. Mas aprendi que, às vezes, fazemos isso e que o perdão é *sempre* necessário. Nós dois fomos feridos, mas temos a chance de corrigir os erros do passado. Não devemos jogá-la fora. Em vez disso, devemos enfrentar bravamente o futuro que nos espera e viver a vida da melhor forma que pudermos. Você não concorda?

– E realmente pode encontrar forças em seu coração para me perdoar?

– Sim, sem reservas, posso, *e já fiz isso*.

Antes de inclinar a cabeça para beijá-la, Zafir pensou no quanto tinha sido abençoado ao receber essa segunda chance de felicidade, uma vez que chegara tão perto de arruinar tudo. Mas sua esposa não se parecia com qualquer pessoa que conhecesse, era uma alma boa e tolerante. Quando seus lábios se encontravam, o sangue em suas veias latejava como o mais maravilhoso elixir de vida, tornando-o disposto a viver qualquer número de vidas – ricas ou pobres – se pudesse vivê-las com Darcy ao seu lado, como sua esposa e alma gêmea...

CAPÍTULO 12

O DIA do casamento amanheceu especialmente agradável, com o céu limpo, e o ar estava carregado de uma expectativa quase tangível. Sua sogra lhe disse que todos aqueles eram bons presságios, e Darcy sorriu e a abraçou. Ao arrumar-se para a cerimônia, ao colocar o lindo vestido de seda, o véu e a tiara delicada feita especialmente para ela, a emoção e o prazer que experimentou foram além de qualquer coisa remotamente imaginável.

As pessoas ao seu redor pareciam sentir a magia também. Sorrisos e votos de felicidade a acompanhavam em todos os lugares e, pela primeira vez na vida, Darcy acreditou que era mesmo amada e admirada. E devia tudo isso àquele sheik incrivelmente bonito e generoso com quem já se casara.

Mesmo no dia de seu casamento, Zafir ainda aceitava os votos de felicidade e orações dos cidadãos menos afortunados de seu reino, e as portas do palácio foram abertas não apenas para os convidados elegantes e ricos que tinham vindo de longe, mas também para a população local, que desejava render seus respeitos ao soberano e que, sem dúvida, considerava-se abençoada por viver sob seu governo.

Durante a cerimônia, os vívidos olhos azuis da noiva se umedeceram com a beleza dos arranjos e com o edificante texto sagrado escolhido para aquele momento. Quando olhou para seu noivo, resplandecente em suas magníficas vestes num dia que significava tanto para ambos, e recitou as palavras que proclamavam ao mundo que estava se tornando, sem reservas, sua esposa e companheira, Darcy disse isso com todo seu coração.

Então chegou o momento em que Zafir declarou que seria seu marido, pai de seus filhos, alma gêmea e companheiro, consolo sempre presente nas horas difíceis, e Darcy conteve a respiração quando notou que seus olhos estavam úmidos de lágrimas.

Quando o celebrante anunciou que ele agora podia beijar a noiva, Darcy se aconchegou em seus braços e recebeu o beijo como se experimentasse o toque de seus lábios pela primeira vez. Quanto ao marido, ele não teve pressa em acabar logo com aquele momento. Zafir beijou-a lenta e deliciosamente, e a multidão em torno deles aplaudiu e deu vivas, fazendo o lugar estremecer.

A sensação de ter seus lábios contra os dele foi mais maravilhosa do que nunca, e Darcy não pôde evitar imaginar sobre quantos filhos mais teriam juntos. Seria uma dinastia maravilhosa. E seu querido irmãozinho Sami já havia cimentado o amor eterno de seus pais, ajudando a reaproximá-los quando acreditavam que tudo estava perdido.

Passava da meia-noite quando partiram em viagem ao local secreto que Zafir havia providenciado para a noite de núpcias.

Darcy foi incrivelmente cuidada e mimada antes *e* depois da cerimônia magnífica de casamento e aquilo parecia não ter fim. Depois de uma viagem a cavalo, chegaram ao seu destino. Era uma magnífica tenda beduína de tamanho generoso que se aninhava sob as estrelas entre palmeiras e a areia dourada.

– Estou sonhando? – murmurou, enquanto Zafir, com ternura, ajudava-a a descer da sela, seus olhos escuros brilhando como as joias mais desejadas do reino.

– Se está, agradeço a Alá por estar no mesmo sonho. – Ele sorriu.

O interior da tenda trouxe ainda mais encantamento. Com paredes de cetim cor de açafrão e lanternas de ouro e lustres de contas, o lugar parecia um conto de fadas. Os aromas de ágar-ágar, ervas e especiarias perfumavam no ar, e inebriada, Darcy deixou que seu olhar pousasse sobre a ampla cama com dossel, lindamente arrumada e que parecia tão convidativa.

Quando Zafir a abraçou por trás, suas mãos grandes descansando em seus ombros, Darcy automaticamente recostou-se contra seu peito e sentiu-se derreter.

– Nós somos...? Nós deveríamos...?

– Ir para a cama? – Zafir terminou a frase dela, sua voz rouca e mais sedutora do que nunca. – Claro.

Ele a levou até lá, enchendo seu pescoço com beijos quentes e deliciosos. Enquanto Darcy tentava beijá-lo de volta, Zafir a empurrava sem cerimônia na cama, tirava as botas e se deitava ao lado dela. Era pesado e forte, e ela se alegrou ao perceber que estava prestes a tomá-la novamente.

A urgência que sentia a fez lançar a cautela ao vento. Enquanto Darcy tirava as roupas de Zafir, ele tirava as dela e, pouco depois, estava dentro dela, preenchendo-a com seu calor e sua ereção como nunca antes, os bíceps musculosos ajudando a apoiá-lo, o longo cabelo escovando tentadoramente o rosto dela.

– Olhe para mim – disse ele, ofegante, e havia uma nota de comando em sua voz, enquanto seu olhar hipnotizante a possuía com avidez.

Seu corpo e sua mente estavam em total equilíbrio, e Darcy não tinha dúvida de que ele a queria mais do que qualquer coisa na vida, não apenas naquele momento, mas para sempre.

Foi então que ele começou a se mover dentro dela mais lentamente, incitando-a a envolver as pernas em torno de sua cintura, e Darcy foi tomada pela arrebatadora sensação de que ele a levava ao limite antes que ela se jogasse de cabeça no precipício do desejo.

Quando o momento da rendição finalmente a alcançou, Darcy foi envolvida pela força do sentimento e da emoção que a inundaram. Ela arqueou os quadris e os seus olhos se encheram de lágrimas.

– Eu amo você – suspirou ela. – Eu *sempre* amei você.

Em resposta, Zafir beijou-a com força, e seu corpo começou a se mover com mais urgência. Quando se juntou a ela no outro lado do precipício, deixou cair a cabeça em seu peito até recuperar o fôlego. Assim que pôde, olhou nos olhos dela e sorriu.

– Eu sempre amei você também, minha rainha. Como pôde imaginar que amaria alguém *além* de você?

– Esperei por muito tempo que me dissesse isto – brincou ela.

Zafir suspirou e suavemente acariciou seu cabelo.

– Meu amor por você sempre esteve em meus olhos, poderia enxergá-lo. Mas talvez eu devesse ter sido corajoso o suficiente para dizer-lhe isto em vez de apenas mostrar-lhe como me sentia, não é?

– Pode me dizer e me mostrar o quanto quiser, agora que seu segredo foi revelado.

Darcy deu-lhe um empurrão e ele se acomodou ao seu lado. Ela o abraçou, aconchegando-se junto de seu peito.

– Se eu cometer o erro de não lhe dizer o quanto a amo, espero que me lembre de fazer isso muitas e *muitas* vezes. Você fará isso por mim, meu anjo?

– Sim, meu rei. Isso é algo que posso garantir com toda certeza.

EPÍLOGO

Um ano depois...

AINDA VESTIDA com a simples camisola de algodão branco, com o robe combinando, com o cabelo dourado cascateando livremente sobre os ombros, ela seguia descalça e alegremente pelos corredores de chão de mármore do palácio, à procura de seu marido.

Não fazia muito que Zafir tinha retornado de sua viagem de negócios aos Estados Unidos e, por ter chegado de madrugada, Darcy ainda não tivera a oportunidade de falar com ele. Parecia incrível, mas ela estava dormindo quando ele chegou e Zafir a deixara dormir sem ser perturbada. Mas assim que abriu os olhos, Darcy se lembrou de que, naquela manhã, ele estava presidindo uma reunião importante na opulenta sala de reuniões do palácio com os membros do Conselho e decidiu que não deixaria passar mais tempo sem vê-lo.

Ficar muito tempo sem ver Zafir era quase como ser privada de ar.

Com ou sem reunião, iria até Zafir para deixá-lo saber, em termos inequívocos, o quanto sentira sua falta.

Um criado elegantemente vestido guardava as portas duplas da sala de reuniões. Darcy lhe disse que desejava falar com seu marido, o sheik, mas ficou surpresa quando foi

Rashid quem veio falar com ela. O sorriso em seu generoso rosto redondo era calorosamente acolhedor, como se Darcy fosse um membro de *sua* família, mas ela não pôde deixar de ficar desapontada por não ser Zafir.

Seu corpo *doía* com a vontade de abraçá-lo. Duas semanas era muito tempo para ficar longe do homem que amava.

– O rei disse-me que não devia ser incomodado, senhora. É uma reunião importante, mas deve acabar em aproximadamente uma hora. Talvez a senhora pudesse voltar aos seus aposentos e se vestir antes de encontrá-lo, não?

Ele ergueu uma sobrancelha de forma amável, como se fosse um pai gentil que tentava lembrá-la do decoro.

– Posso providenciar uma xícara de chá e alguns biscoitos e levá-los para o terraço, se a senhora quiser.

Decepcionada por não ter seus desejos atendidos, o mais novo membro da família real percebeu de repente como sua roupa era inapropriada. Atando o cinto do roupão, ela suspirou e disse:

– Rashid, a *última* coisa em que posso pensar agora é em comer ou beber alguma coisa. Se soubesse como estou desesperada para ver meu marido, você certamente me concederia alguns minutos com ele.

Rashid sorriu.

– A senhora poderia convencer uma rosa a brotar no deserto. Vou ver o que posso fazer.

– Obrigada. Você é incrível.

* * *

Impacientemente dirigindo-se para as portas duplas da sala de reuniões, deixando para trás os curiosos membros do Conselho, Zafir tentou acalmar seu coração, que batia disparado desde que Rashid lhe dissera discretamente que sua esposa precisava vê-lo com urgência. Supôs que devia ser importante, pois tinha sido informado que ela ainda não estava vestida.

Ao abrir as portas e ver Darcy andando para cima e para baixo, parecendo absolutamente adorável e sexy com as roupas de dormir, Zafir soube que não havia forma de desacelerar seus batimentos cardíacos.

O que aquela mulher estava tentando fazer com ele? Certamente sabia que depois de duas semanas sem intimidade com ela... Ah, diabos, mesmo *uma noite* sem tê-la, testava-o até os limites de sua resistência, não sabia? A única razão pela qual Zafir não a puxara imediatamente para seus braços e fizera amor com ela na noite anterior, ao voltar para casa, foi porque que ela parecia tão calma, tão profundamente adormecida...

Mais importante ainda, ela precisava de todo o descanso que conseguisse. Zafir não queria que ela pusesse em perigo o novo bebê.

Quando falou, seu tom foi mais severo do que ele pretendia.

– Darcy, no que está pensando ao desfilar desta forma na frente de meus colaboradores, colocando-os em uma posição incrivelmente comprometedora?

– Do que está falando?

Aproximando-se e tomando-a firmemente pelos braços, ele a observou com seus olhos escuros, sentindo uma mistura de raiva e frustração.

– Você não pensou que seria inadequado aparecer assim na frente dos meus homens? Por que não pensou em se vestir da forma apropriada antes de vir aqui?

– Por que não pensei em me vestir de forma *apropriada* antes de vir aqui? – repetiu ela, mordendo o lábio e parecendo prestes a cair no choro. – Não pensei nisso porque estava com pressa de ver você. Não pensei em nada além de você. Mas agora, eu gostaria de ter sido mais... Mais sensível. Deus me perdoe se o ofendi.

Debatendo-se para se soltar, ela parecia ter a intenção de ficar o mais longe possível dele.

Como se uma pedra tivesse caído de grande altura em sua cabeça, Zafir encolheu-se, então a abraçou ainda mais forte.

– Eu só queria chamar sua atenção porque parece muito exposta aqui no corredor – disse ele, e o sorriso com que sempre tivera a intenção de saudá-la brotou em seus lábios. – É bonita demais para ser a primeira coisa que um homem vê pela manhã. E a última coisa que preciso é que meus servos desejem você.

A ruga entre as sobrancelha de Darcy desapareceu imediatamente, e Zafir a trouxe ainda mais para junto de seu peito. O cheiro dela era enlouquecedor, mais provocativo do que o ar carregado do cheiro de madressilva depois de uma tempestade. Zafir já estava tendo problemas para manter seu equilíbrio.

– Quero beijar você. Quero beijá-la como se deve, um beijo longo e profundo. Mas não me atrevo a fazê-lo agora. Os membros do Conselho ficarão alarmados se eu não voltar logo. Tem alguma ideia de quanto senti sua falta? – Ele acariciou a barriga dela com delicadeza. – Você e esta linda barriguinha onde carrega meu filho.

– *Segundo* filho, quis dizer.

– Estive me perguntando se desta vez será uma menina.

Sua observação claramente a deixou encantada e ela disse:

– É isto que precisava dizer a você. Meu obstetra ligou para perguntar se queria saber o sexo do bebê.

Zafir não podia negar que tinha ficado feliz quando sua esposa concordou em ter o bebê em Zachariah. Foi a cereja no bolo depois de tudo o que passaram.

Ele não conseguiu resistir a beijá-la no rosto. Mais do que isso e estaria perdido, e certamente sem condições de continuar a comandar a reunião.

– E o que disse a ele?

– Que iria discutir isto com meu marido.

– Não iria protestar se você quisesse saber.

– Eu sei disso.

Agora era sua vez de roubar um beijo. E assim que seus lábios se encontraram, Zafir gemeu. Seu corpo inteiro acordou com aquele toque.

– Mas *você* gostaria de saber se é um menino ou uma menina?

Afastando o cabelo do rosto, Zafir sorriu:

– Meu único desejo é que o bebê seja saudável e que você tenha uma gravidez o mais tranquila possível.

– Então acho que é melhor se não soubermos. Teremos uma bela surpresa quando o bebê nascer.

– Concordo. Agora, quero que vire à direita e volte para os nossos aposentos. E se decidir voltar para a cama e esperar que minha reunião termine, eu lhe asseguro que ela acabará o mais rápido possível, minha querida.

Outro beijo foi roubado. E, considerando as circunstâncias, desta vez durou um pouco mais do que talvez fosse considerado prudente.

UMA NOITE NO DESERTO

Kate Hardy

Lily havia conhecido alguns antes, até mesmo cozinhado para eles, mas nunca o vira. Teria se lembrado. Ele tinha o mesmo sotaque da maioria dos homens na sala – um sotaque que ela reconhecia como de escola pública seguida de Oxbridge – e os cabelos quase negros eram um pouco longos, com uma franja que pendia relaxada sobre os olhos.

Definitivamente um playboy de alta classe.

Todavia, o tom de pele azeitonada e olhos cor de âmbar eram toques exóticos demais para que ele fosse inglês.

– Eu realmente não deveria... – começou Lily quando ele abriu as portas duplas, guiou-a para o terraço e fechou as portas novamente.

– Não se preocupe. Se Felicity falar qualquer coisa, eu lhe direi que fui eu quem a sequestrei e que não foi culpa sua – assegurou-lhe ele.

– Mas...

– Shh. – Ele colocou o dedo indicador contra os lábios dela, seu toque gentil, porém firme o bastante para lhe indicar que se calasse. – Sem mais protestos.

Então, ele lhe prendeu o olhar e traçou-lhe o lábio superior com a ponta do dedo. O mais leve e mero contato... impossibilitando-a de se mover. Ela não queria se mover. Algo naquele homem a atraía como um ímã. Pela expressão no rosto dele, provavelmente tinha ciência disso.

Atração instantânea.

Faísca para uma chama. Um simples toque seria o suficiente para acender aquilo.

Ela deveria ir embora naquele exato momento. Se agisse pelo coração em vez de pela cabeça, seria um desastre. Não poderia suportar a fofoca que certamente surgiria... fofoca que abalaria as bases do negócio que trabalhara tão duro para construir.

Mas, por Deus, não conseguia afastar-se.

– Qual é seu nome? – perguntou ele suavemente.

– Lily.

– Karim – apresentou-se ele.

Exótico... todavia ele tinha aquele sotaque muito britânico.

Intrigante, na verdade.

E queria saber mais.

– Você é casada, tem alguém?

Lily sabia instintivamente que, se dissesse sim, ele a deixaria em paz.

Então, ela poderia escapar de volta à cozinha. Considerou mentir, embora desonestidade fosse algo que normalmente desprezava. Mas, neste caso, uma mentirinha seria a atitude mais sensata a tomar.

Mas seu corpo não estava ouvindo sua cabeça. Lily meneou a cabeça.

Com expressão aliviada, ele pôs o copo sobre mesa, então pegou-lhe o copo da mão e fez o mesmo, olhando-a fixamente o tempo todo. Levou a mão de Lily à boca, enquanto beijava cada dedo. Sem poder evitar, ela entreabriu os lábios e sua cabeça pendeu para trás em um leve oferecimento.

Karim viu o convite e aceitou-o, inclinando a cabeça de modo que sua boca apenas roçasse a dela.

Não era o bastante. Lily queria mais. Muito mais.

Ela deslizou os braços em volta do pescoço dele, trazendo-lhe a cabeça na direção da sua. Mesmo enquanto fazia isso, sabia que estava louca.

Eles não se conheciam, tinham apenas trocado os primeiros nomes. Lily não costumava fazer coisas como aquela.

Entretanto, lá estava ela, beijando um completo estranho.

Tudo que sabia sobre ele era que se chamava Karim e tinha a boca mais sexy do mundo.

Lançamentos do mês:

PAIXÃO 485 – PROPOSTA PERIGOSA – ANNIE WEST

Rafaelle Petri precisa da ajuda de uma pesquisador para concluir seu plano de vingança. Porém, não esperava ficar tão encantado por Lily Nolan. Mas será que ele está disposto a abrir mão de tudo para ficar ao lado dela?

PAIXÃO GLAMOUR 17 – UMA NOITE NO DESERTO – KATE HARDY

Focada na carreira, Lily não pretendia misturar negócios com prazer... Até a sedução implacável de Karim estraçalhar sua resistência. Ele só estava interessado em um caso passageiro. Contudo, não demora para desejar tê-la para sempre em sua cama.

PAIXÃO AUDÁCIA 17 – COMO PROVOCAR UM SHEIK – OLIVIA GATES
Minissérie – *O orgulho de Zohayd 2/3*

Mesmo com todos os motivos para não confiar no príncipe Harres, Talia não consegue resistir aos seus encantos. Ela sabe que se apaixonar pelo sheik seria o maior erro de sua vida... mas teme que seja tarde demais.

Próximos lançamentos:

PAIXÃO 486 – FALSAS APOSTAS – MAYA BLAKE

Arabella Daniel preferia pular de paraquedas sem roupas do que aceitar a proposta ultrajante de Draco Angelis. Porém, para salvar a pele de seu pai, ela terá de se submeter a todas as vontades desse poderoso magnata.

PAIXÃO ARDENTE 18 – AMOR POR CONVENIÊNCIA – ABBY GREEN

Minissérie – *Casamentos Milionários 1/4*

A reputação de Ben Carter foi arruinada pela imprensa. E só há uma maneira de virar esse jogo: casando-se com Julianna Ford, filha de seu inimigo.

PAIXÃO GLAMOUR 18 – ALIANÇA DO DESEJO – CAROL MARINELLI

O bilionário italiano Lazzaro Ranaldi detesta ser enganado. Ele acredita que a bela Caitlyn não é tão inocente quanto finge ser. E está disposto a tudo para descobrir a verdade, até mesmo transformá-la em sua esposa.

PAIXÃO AUDÁCIA 18 – COMO TOCAR UM SHEIK – OLIVIA GATES

Minissérie – O orgulho de Zohayd 3/3

O teimoso príncipe Amjad e a obstinada princesa Maram deveriam ser inimigos. Porém, nenhum dos dois estava pronto para o desejo que surge quando ficam ilhados por uma tempestade de areia... nem para as consequências desse encontro.

PAIXÃO ESPECIAL 6 – OS LENDÁRIOS IRMÃOS CONTI – TARA PAMMI

O santo e a sedutora

Depois de quase perder a vida, Alexis Sharpe criou coragem para contar a Leandro Conti sobre a filha que tiveram. Porém, não esperava que Leandro fosse exigir que ela se tornasse sua esposa.

O diabólico e a inocente

Sophia Rossi sabe que a única forma de salvar o império de seu pai é pedindo ajuda para Lucas Conti. No passado, ele partiu o seu coração, mas ela jura que agora será diferente... Mesmo que apenas um olhar dele faça seu corpo tremer de prazer.